나는나 1

나는 나 1 (큰글씨책)
가네코 후미코 옥중수기

초판 1쇄 발행 2018년 5월 23일

지은이 가네코 후미코
옮긴이 조정민
펴낸이 강수걸
편집장 권경옥
펴낸곳 산지니
등록 2005년 2월 7일 제 333-3370000251002005000001호
주소 부산광역시 해운대구 수영강변대로 140 BCC 613호
전화 051-504-7070 | 팩스 051-507-7543
홈페이지 www.sanzinibook.com
전자우편 sanzini@sanzinibook.com
블로그 http://sanzinibook.tistory.com

ISBN 978-89-6545-513-4 04830
      978-89-6545-512-7(set)

큰글씨책

나는 나

1

가네코 후미코 옥중수기

가네코 후미코 지음 · 조정민 옮김

산지니

차례

2권

3부 다시 고향으로

4부 독립

일러두기

* 이 책은 가네코 후미코(金子ふみ子)의 옥중 수기『何が私をこうさせたか』(春秋社, 1931)를 번역한 것으로, 2005년에 발행된 동 출판사의 증보판을 저본으로 삼았다. 편의상, 원문의 방점과 문단 나눔 등은 조정하였고, 주석은 모두 옮긴이가 붙인 것이다.

* 삭제된 글자(████████)에 대한 설명 : 일본의 경우, 메이지 초기부터 패전까지 모든 저작물은 출판법규에 따라 발행 3일 전에 내무성에 보고해야 했다. 내무성은 황실을 모독하거나 군주제를 부정하는 내용, 공안과 풍속을 해치는 내용이 포함된 것은 발매반포금지처분을 내렸다. 불온하다고 판단되는 부분이 비교적 적은 경우, 혹은 해당 부분을 삭제하면 사회적으로 크게 문제가 되지 않는다고 판단되는 경우에는 해당 부분을 삭제하고 출판을 허락하기도 했다. 본문에서 삭제된 글자는 내무성 검열에 의해 지적된 부분이거나 출판사의 자체 검열에 의한 것으로 판단된다.

잊지 못할 모습

잊지 못할 1926년 7월 27일, 가네코 후미코의 차가운 시신이 도치기현(栃木縣) 우쓰노미야(宇都宮) 형무소 도치기 지소의 차가운 감방 창가에서 발견되었다. 후미코는 전날인 26일 새벽 23세의 나이로 이 세상과 영원한 이별을 고하고 말았다.

그 후 31일 새벽, 그녀의 어머니와 후세(布施) 변호사, 우마시마(馬島) 의사의 입회하에 나를 포함한 일행 십수 명은 도치기현 변두리 갓센바(合戰場) 묘지에 가매장되어 있던 후미코의 시체 발굴에 착수하였다.

정확히 3시—달이 밝은 새벽—촉촉하게 내려앉은 밤이슬은 갓센바 묘지 일대 잡초 위에 창백하게 빛나고 있었고, 주위의 논밭은 무서울 정도로 침묵하고 있었다. 반짝반짝 빛나는 나뭇잎의 끝, 글자 그대로 죽음의 묘지, 일행의 발소리만이 이상한 긴장과 흥분에 휩싸여 묘지의 깊숙한 곳에 이르고 있었다.

그리고 난 뒤, 몇 송인가의 과꽃이 올려진 묘소를 파헤쳐 지하 4척 습지 가운데서 후미코를 찾아내었다. 물기로 부풀어올라 문적문적해진 후미코의 사체, 피부가 벗겨진 넓은 이마, 두

껍게 돌출한 입술, 손을 대면 스르르 표면이 벗겨지는 부패한 몸……. 특징적인 이마와 짧게 자른 머리카락이 없었더라면 후미코의 시체라고는 알아볼 수 없을 만큼, 두 번 다시 볼 수 없을 만큼 무참했다. 헌 솜과 톱밥에 묻힌 관 속의 시체는 특유의 악취를 풍기고 있었다. 물이 줄줄 흐르는 관을 짐수레에 실어 8킬로미터 가까이 떨어져 있는 화장장으로 겨우 옮겼을 때에는 동쪽 하늘 일대가 어렴풋이 밝아오는 다음날 오전 5시였다.

이리하여 1931년, 후미코 스스로 목숨을 끊은 지 5년이 흘렀고 그녀가 죽은 7월이 돌아왔다. 게다가 올해 7월에는 후미코가 이치가야(市ヶ谷) 형무소에서 4년의 시간을 보내는 가운데 남긴 수기, 후미코의 전 생애를 담은 수기가 책으로 엮여 세상에 나오게 되었다. 이 수기를 건네던 당시, 후미코는 이렇게 말했다. "천지신명에게 맹세하며(만약 그러한 맹세를 할 수 있다면) 말하겠지만 이 수기는 어떠한 거짓도 없는 생활 사실의 고백이며 어떤 의미에서는 모든 생활의 폭로이자 말살이다. 저주받은 나의 생활의 최후의 기록이며 이 세상을 하직하기 위해 남겨두는 기록이다. 어떠한 재산도 가지고 있지 않은 내가 보내는 유일한 선물이다."라고.

그 후로 5년, 어찌되었든 세상에 이 책이 나오게 된 것은 후미코 생전 재소 4년간의 숙원이 이루어진 것이자 나에게도 평생 잊지 못할 사건이다.

후미코는 멀리 사라졌고 그 모습조차 흐릿해져가고 있다. 그러나 인간 후미코—이 세상에 태어나 스물세 살의 청춘을 마지막으로 스스로 목숨을 끊은 후미코—성격적으로도 큰 의문을 남기고 떠난 후미코, 이런 후미코에 대한 사회의 관심은 분명 지속되고 있다.

"무엇이 나를 이렇게 만들었는가."

정말이지 후미코는 무엇 때문에 이렇게 되었을까. 수기는 이에 대해 자세하게 답하고 있다. 또한 이렇게 되어버린 자신의 모든 것을 거짓 없이 대담하게, 솔직하게 백일하에 폭로하고 있다.

생전의 후미코는 대단히 감정적이었다. 잘 이야기하고 잘 웃었지만, 조선에서의 생활이 화제가 되면 눈물을 뚝뚝 흘리며 큰 소리로 울부짖기도 했다. 옆에 있던 박열이 얼굴을 찌푸리며 제지해도 아랑곳하지 않고 참혹하고 불행했던 조선 생활을 끝까지 이야기했다. 감정적인 후미코.

일을 하나 시작하면 끼니도 잊고 몰두하는 편이었지만, 인생에 있어서는 어떠한 기대도 가지지 않고 오히려 절망하며 그 절망의 밑바닥에서 쓴웃음을 지었던 후미코—그 생활, 강한 의지, 노력, 그럼에도 눈물 많고 적나라하게 자신을 해방시

켰던 인간 후미코—등등 내가 하고 싶은 후미코 이야기는 너무 많다. 그러나 인간 후미코에 대해서는 그녀 스스로 이 수기에 충분히 써주었으리라 생각한다.

팬한 소리는 이쯤에서 그만두고자 한다. 필시 누구라도 눈물 없이는 읽지 못할 이 수기를 전국의 마음 있는 사람들에게 보낸다.

1931년 7월 후미코 사후 5주년을 즈음하여

구리하라 가즈오(栗原一男)

첨삭에 관한 희망

구리하라 형

* 기록 외의 장면은 전후 관계 등에 있어서 조금 윤색한 부분이 있습니다. 그러나 기록은 모두 사실에 입각한 것입니다. 그리고 사실인 것에 생명이 있습니다. 따라서 어디까지나 '사실의 기록'으로서 봐주고 다루어주었으면 좋겠습니다.
* 문체는 어디까지나 단순하게, 솔직하게, 그리고 딱딱하지 않게 가능한 평이하게 해주었으면 합니다.
* 특수한 경우를 제외하고는 미사여구를 사용한다든지 지나친 기교를 부린다든지 우회적인 형용사를 붙인다든지 하는 일은 피하고 싶습니다.
* 문체에 중심을 두고, 문법에는 그다지 구속되지 않았으면 좋겠습니다.

가네코 후미코

머리말

다이쇼(大正) 12년(1923년) 9월 1일, 오전 11시 58분. 돌연 수도 도쿄(東京)를 얹은 관동지방 대지 밑바닥이 격동하기 시작했다. 집들은 우지직 소리를 내며 뒤틀리고 넘어졌다. 사람들은 거기에 깔린 채 생매장을 당했다. 겨우 뛰쳐나온 사람도 미친개같이 고래고래 소리를 지르며 뛰어다녔다. 이리하여 문명의 낙원은 순식간에 아비규환의 아수라장으로 변모하고 말았다.

끊임없이 여진과 격진이 찾아왔다. 화산의 분연 같은 적란운이 뭉게뭉게 피어올라 넓은 하늘을 향해 소용돌이쳤다. 끝내 도쿄는 사방에서 일어난 대화재로 검은 연기에 사로잡히고 말았다.

격동, 불안, 그리고 종국에는 그 바보 같은 유언비어와 소요.

그로부터 얼마 지나지 않았을 때의 일이다. 도쿄의 경비를 맡고 있는 자들의 명령에 따라 우리들이 경찰에 연행된 것은.

무엇 때문이었을까. 하지만 나는 그 일에 대해 이야기할 자유가 없다. 그저 그로부터 얼마쯤 지난 후에, 도쿄지방재판소 예심정에 불려나가 취조를 당했다는 말밖에는.

간수가 안내하는 예심정의 문을 지나자 법관 한 사람이 서기와 함께 나를 기다리고 있었다. 나를 보고서야 법원 직원은 피고석을 마련하기 시작했다. 그러는 동안 나는 쓰고 있던 삿갓을 손에 들고 입구에 가만히 서 있을 수밖에 없었다. 판사는 그 장면을 냉정하게 바라보고만 있었다.

이윽고 내가 피고석에 앉혀졌다. 판사는 또다시 나를 가만히 응시했다. 뼛속까지 들여다보고야 말겠다는 듯 지긋이 지켜본 다음 조용히 입을 열었다.

"당신이 가네코 후미코(金子ふみ子)인가?"

그렇다고 답하자 그는 의외로 친절하게, "나는 당신의 예심을 담당할 예심판사 다테마쓰(立松)라고 하오."라며 자신을 소개했다.

"그렇습니까? 아무쪼록 잘 부탁합니다."라고 나도 엷게 웃으며 답했다.

이후, 형식적인 예심 질문이 시작되었다. 그러나 이러한 형식적인 질문 가운데서도 판사는 취조상 중요한 무언가를 간파하고 있는 듯했다. 나는 지금부터 당시의 대화를 그대로 옮겨놓으려 한다. 이는 앞으로 내 수기를 읽고 이해하는 데 도움이 되리라 생각하기 때문이다.

판사가 말을 시작했다.

"먼저 당신의 본적은?"

"야마나시현(山梨縣) 히가시야마나시군(東山梨郡) 스와무라

(諏訪村)입니다."

"기차로 간가면, 어디서 내려야 하지?"

"엔잔(塩山)이 가장 가까울 듯합니다."

"음, 엔잔?"

판사는 갸우뚱거리며, "그렇다면 오후지무라(大藤村) 쪽
이 더 가깝지 않은가? 실은 내가 오후지무라를 잘 알지. 지인
중 사냥꾼 한 사람이 거기 있어서 겨울에는 자주 들르곤 한다
네……."라고 말했다.

나는 오후지무라를 알지 못했다.

"글쎄, 그에 대해 답하긴 좀 곤란하군요. 실은 그곳은, 그러
니까 스와무라는 말입니다, 저의 본적지이긴 하지만 지금까지
2년도 채 머물지 않았어요."

"음, 자네는 본적지에서 태어나지는 않았는가?"

"그렇습니다. 아버지와 어머니의 말로는 저는 요코하마(横
浜)에서 태어났다고 합니다."

"그렇군. 그렇다면 부모님 성함은 무엇이며, 어디에 계시
는가?"

대략적인 사항을 이미 경찰 조서로 알고 있으면서도 일부러
묻고 있다고 생각하니 쓴웃음이 났다. 나는 정직하고 솔직하
게 답했다.

"좀 혼란스러운 부분도 있지만, 호적상으로 아버지는 가네
코 도미타로(金子富太郎), 어머니는 요시(よし)로 되어 있습니

다. 실제로는 외할아버지와 외할머니의 성함입니다."

판사는 놀라는 얼굴을 하였다. 그리고 실제 부모에 대해 물었다.

나는 답했다.

"글쎄요. 아버지는 사에키 후미카즈(佐伯文一)입니다. 아마도 지금은 시즈오카현(靜岡縣) 하마마쓰(浜松)에 살고 있을 겁니다. 어머니는 가네코 기쿠노(金子きくの)이며, 자세한 소식은 알 수 없으나 아마 고향 친정집 근처에 있을 거예요. 호적상으로 어머니는 저의 언니, 아버지는 형부로 되어 있습니다."

"잠깐."

판사는 나의 대답을 가로막았다.

"좀 이상하게 들리는군. 어머니가 언니로 되어 있는 것은 이해가 되지만, 아버지와 어머니는 성도 달라 남남으로 되어 있는데……."

"맞습니다."

무거운 마음으로 나는 답했다.

"아버지와 어머니는 이미 오래전에 헤어졌습니다. 하지만 어머니의 동생, 즉 저의 이모가 아버지의 후처가 되어 현재 아버지와 함께 살고 있습니다."

"그렇군. 무슨 사연이 있겠지. 그렇다면 자네의 아버지와 어머니가 헤어진 것은 언젠가?"

"이미 13, 14년 전의 일입니다. 아버지와 헤어진 건 제가 일곱 살 때로 기억합니다.”

“그래서? 이후 자네는 어찌 되었지?”

“아버지와 헤어진 후 어머니와 함께 살았습니다.”

“음, 이후에는 어머니 슬하에서 자랐군.”

“그렇지 않습니다. 저는 아버지와 헤어진 후 얼마 지나지 않아 어머니와도 헤어졌습니다. 그 이후로는 거의 부모님께 신세를 지지 않았습니다.”

이렇게 대답하면서 나는 지금까지의 이력과 경험이 모두 가슴속에 넓게 펼쳐지는 것을 느낄 수 있었다. 무의식중에 그만 눈물을 머금고 말았다. 그것을 보았는지 보지 않았는지, 판사는 얼마간의 동정심을 보이는 듯 “고생이 많았겠군. 이 부분에 대해서는 다음에 다시 천천히 듣기로 하고.” 하며, 서기의 책상 앞에 놓여 있던 서류를 눈앞으로 가져왔다. 그러고는 사건 심문에 들어갔다.

그러나 앞에서도 이야기했듯이, 이에 대해서는 쓸 수가 없고, 그럴 필요도 없다.

그 후, 판사는 나에게 나의 과거와 경력에 대해 글로 쓸 것을 명령하였다. 듣기로는, 법률에는 피고에게 불리한 점뿐만 아니라 유리한 점도 물어보아야 한다는 조문이 있다고 한다. 이는 좀처럼 사용되지 않는 조문이지만, 나에게는 이 조문이 적용되었던 것이다. 내가 그처럼 엄청난 일을 한 배경에는 분명 특별한 이유가 존재할 거라고 생각하고, 그 이유가 무엇인지 궁금했기 때문인지도 모른다. 물론 그게 아니라 그저 신문 기자와 같은 흥미 때문에 명령했을지도 모른다. 아무래도 좋다. 나는 명령을 받은 대로 나의 성장 과정에 대해 썼고, 그것이 바로 이 수기이다.

이 수기가 재판할 때 어느 정도 참고가 되었는지 나는 알지 못한다. 그러나 재판도 끝난 지금, 이 수기는 판사에게 더 이상 쓸모없는 것이 되어버렸다. 그래서 나는 판사에게 수기를 돌려달라고 부탁하였다. 나는 이 수기를 나의 동지들에게 보내려 한다. 그 이유는 동지들이 나를 더 깊이 이해해주었으면 하는 바람 때문이며, 다른 이유는 행여 조금이나마 유용하다면 이것을 책으로 출판해주었으면 하기 때문이다.

나는 더 많은 세상의 부모들이 이 수기를 읽어주었으면 한다. 아니, 부모들뿐만 아니라, 더 좋은 사회를 만들고자 하는 교육가, 정치가, 사회사상가 모두가 읽어주었으면 한다.

1부

어린 시절

아버지

기억은 4살 무렵으로 거슬러 올라간다. 당시 나는 나를 낳아주신 부모님과 함께 요코하마 고토부키쵸(壽町)에 살고 있었다.

아버지가 무슨 일을 하고 있었는지, 물론 나는 몰랐다. 나중에 들은 바에 의하면 그 무렵 아버지는 고토부키 경찰서의 형사 일을 하고 있었던 모양이다.

그 당시 아주 잠깐 천국과 같은 시절이 있었던 것으로 기억한다. 아버지가 나를 매우 귀여워해 주었으니까……

매일 저녁 아버지는 목말을 태워 나를 목욕탕에 데리고갔다. 나는 아버지의 머리를 붙잡고 목욕탕에 드리워진 발 사이로 들어갔다. 이발소에 갈 때도 아버지는 항상 나를 데리고 다녔다. 아버지는 내 곁에서 머리털이 난 가장자리나 눈썹 정돈하는 것을 지켜보았고, 마음에 들지 않으면 이발사의 면도칼을 빼앗아 직접 손봐주기도 했다. 옷의 문양을 고르는 것도, 기장이나 품을 재는 것도 아버지의 몫이었고, 어머니는 아버지의 지시에 따라 바느질을 했다. 아플 때 머리맡에서 간호하는 것도 역시 아버지였다. 아버지는 틈만 있으면 맥을 짚고 이마에 손을 얹으며 나를 지켜보았다. 그럴 때면 나는 말도 할 필요가 없었다. 아버지가 내 눈을 바라보며 내가 원하는 것은 무엇이든 해주었으니까.

나에게 음식을 먹일 때도 아버지는 예사로이 주는 법이 없었다. 고기는 먹기 좋게 잘라주었고, 생선은 잔가시 하나 남기지 않고 발라주었으며, 밥이나 국물은 반드시 미리 먹어보고 뜨거우면 식을 때까지 기다렸다가 주었다. 말하자면, 다른 집에서는 보통 어머니가 하는 일을 아버지가 해주었던 것이다.

지금 생각해보아도 우리 집은 유복하지는 않았던 것 같다. 그러나 결코 불우하지도 않았다. 당시 우리 집은 몹시 가난하고 궁핍한 생활을 하고 있었다. 유서 깊은 집안의 장남으로 태어난 아버지는 그나마 풍족하게 살던 할아버지 밑에서 부잣집 도련님으로 자랐기 때문에, 빈곤한 가운데서도 나를 소싯적의 자신처럼 키웠다. 이는 틀림없는 사실이다.

나의 좋은 추억은, 그러나 여기서 끝이 난다. 나는 머지않아 아버지가 젊은 여자를 집에 들인 걸 알게 되었다. 그리고 그 여자와 어머니가 끊임없이 말다툼을 하며 서로 욕설을 퍼붓는 것을 지켜보았다. 또 그럴 때마다 아버지가 그 여자 편을 들며 어머니를 때리고 발로 차는 것을 보아야 했다. 어머니는 가끔 가출도 했다. 이틀이 지나고 사흘이 지나도 돌아오지 않았다. 그 사이에 나는 아버지의 친구 집에 맡겨지곤 했다.

아직 어렸던 나로서는 그런 일들이 참으로 슬펐다. 특히 어머니가 없을 때는 더 그랬다. 하지만 언제부턴가 그 젊은 여자는 우리 집에서 자취를 감추었다. 적어도 내 기억에는 없다. 대신 집에서 아버지를 보는 일도 거의 없게 되었다.

아버지가 계신 곳―지금 생각해보면 그곳은 유곽이었다―을 찾아 어머니와 내가 다니던 기억이 있다. 아버지가 잠옷 바람으로 일어나 어머니를 밖으로 매몰차게 밀쳐내던 것도 기억난다. 그래도 아버지는 가끔 새벽에 큰 소리로 노래를 부르며 집으로 돌아왔다. 그럴 때 어머니는 순순히 아버지의 옷가지를 받아 벽에 박힌 못에 걸었고, 소맷자락 속의 과자껍질, 귤껍질 등을 꺼내며 원망스러운 듯이 말했다.

"아이구 많기도 해라. 애한테 줄 물건 하나 사 오지 않으면서……."

아버지는 경찰서 일을 그만두었던 것이다. 그렇다면 당시 무슨 일을 하고 있었을까. 나는 지금까지 알지 못한다. 단지 무수히 몰려 온 폭군들과 술을 마시거나 화투를 치던 일, 그리고 어머니가 항상 불만을 토로하며 아버지와 말다툼하던 일을 기억할 뿐이다.

이러한 생활이 화근이었을까. 아버지는 병에 걸리고 말았다. 아마 외가의 도움으로 아버지는 입원했던 것 같고, 어머니는 아버지의 수발을 들어야 했기에 나는 외가에 맡겨졌다. 그리고 반년 동안 외할머니와 작은 이모들의 등에 업혀 지냈다. 부모와 떨어져 있게 되었지만 그동안은 비교적 행복하게 지냈던 것 같다.

아버지가 회복되자 다시 집으로 돌아가게 되었다. 그 무렵 우리는 해안가에 살았다. 아버지의 요양 때문이기도 하고, 병약했던 나 때문이기도 했다.

우리가 살던 곳은 요코하마 이소고(磯子) 해안이었다. 우리는 종일 바닷물과 바닷바람을 맞으며 살았다. 그때를 계기로 내 몸도 다른 아이들처럼 좋아졌다. 그걸로 나는 행복해졌을까? 그렇지 않으면 다가올 고통스러운 운명과 마주하도록 자연이 장난을 친 걸까? 잘 모르겠다.

건강이 회복되자 다시 새로운 곳으로 이사를 했는데, 그곳은 요코하마의 변두리로, 열네다섯 가구가 논에 둘러싸인 곳이었다. 우리는 그중 한 집에 살았고, 이사한 해 겨울, 눈이 내리던 어느 날 아침에 남동생이 태어났다.

여섯 살 되던 해 가을이었다. 나는 우리가 몹시 자주 이사 다니던 것밖에 기억나지 않는다. 어머니의 여동생, 즉 이모가 우리 집에 오게 되었다. 부인병에 걸린 이모는 벽촌에서 치료 받기 힘들어지자 우리 집에서 병원에 다녔던 것이다.

당시 이모는 22, 23세쯤 되었을 것이다. 생김새가 단정하고 예쁜 편이었다. 친절하며, 모든 일을 야무지고 꼼꼼하게 하는, 그리고 시원시원한 성격이었다. 그래서 사람들이 좋아했고 어머니, 아버지도 마음에 들어 했다.

그런데 언제부턴가 이모와 아버지 사이가 이상해졌다. 당시 아버지는 집에서 가까운 해변의 한 창고에서 일하고 있었다. 인부들이 하역한 것을 기록하는 일이었다. 하지만 여느 때와 마찬가지로 무언가 구실을 만들어 곧 일을 그만둬버렸다. 그런 식이었기 때문에 우리 집 형편은 조금도 나아지지 않았고, 그런 탓에 어머니와 이모는 부업으로 삼실 잣는 일을 했다. 어머니는 매일매일 실타래를 지어 보자기에 싸서 얼마 안 되는 공임을 받으러 남동생을 업고 나갔다.

그러나 희한하게도 어머니가 나간 뒤, 아버지는 반드시 현관 옆에 있는 자신의 방으로 이모를 불러들였다. 그다지 중요한 이야기를 나누는 것 같지도 않은데, 이모는 좀처럼 방에서 나오지 않았다. 나는 야릇한 생각을 하지 않을 수 없었다. 결국 나는 손톱으로 장지문 손잡이 틈에 구멍을 뚫어 훔쳐보게 되었다.

그런 모습을 처음 본 게 아니라서 특별히 놀라지도 않았다. 아주 어릴 때부터 나는 아버지와 어머니의 그런 칠칠치 못한 모습을 계속 보아왔던 터였다. 두 사람은 더펄이였다. 그런 탓인지 나는 꽤 조숙했고, 네 살 무렵부터 성에 흥미를 가지게 되었다.

어머니는 조용한 성격으로, 나를 심하게 꾸짖지도 않았고 귀여워하지도 않았다. 그러나 아버지는 격하게 야단치고 격하게 사랑하는 타입이었다. 두 성향 중 아이는 어느 쪽을 더 좋아했을까? 어릴 적 나는 아버지를 잘 따랐다. 아버지 때문에 어머니가 지독하게 고생하는 것을 보지 않았다면 아마 나는 계속 아버지를 따랐을 것이다. 그러나 언제부턴가 아버지보다 어머니를 따르게 되었다. 어디를 갈 때도 어머니의 소맷자락을 붙잡고 다녔다. 그런데 이모가 온 후로 아버지는 어머니를 따라다니지 못하게 했다. 달래고 어르면서 못 나가게 했다. 지금 생각해보면 그것은 이모에 대한 어머니의 불안을 없애고, 두 사람의 행위를 감추기 위한 수단이었던 것 같다. 왜냐하면, 어머니가 외출하면 아버지는 나에게 용돈을 쥐어주며 밖에서 놀게 했기 때문이다. 아니, 쫓아냈기 때문이다. 내가 특별히 용돈을 조르지도 않았는데 아버지는 평소보다 많은 돈을 쥐어주며 오랫동안 놀다 오라고 했다. 그래놓고 어머니가 돌아오면 이렇게 말했다.

"못된 녀석이야. 내가 무른 걸 알고 당신이 나가면 곧장 용돈을 조르고는 뛰쳐나간다니까."

그러는 동안 한 해가 저물어갔다.

섣달 그믐날 밤이었다. 어머니는 남동생을 업고 외출하고 아버지와 이모와 나는 거실에서 화롯불을 쬐고 있었다.

왠지 모르게 눅눅한 밤이었다. 평소와는 달리, 아버지도 이모도 어두운 얼굴이었다. 아버지는 엎드려 있다가 고개를 들고는 조용히 입을 열었다.

"왜 우리 집은 이리도 재수가 없을까. 난 지금까지 운이 좋지 못했어. 내년에는 제발 좀⋯⋯."

사람에게는 운이라는 것이 있다. 그것이 오지 않으면 어쩔 도리가 없다. 이것이 미신을 믿는 아버지의 철학이었다. 그런 아버지의 말을 나는 어릴 적부터 듣고 자랐다.

두 사람은 끊임없이 말을 주고받았고, 그러는 가운데 이모가 일어나 서랍 속에서 빗 상자를 꺼내 왔다.

"이게 어때요?"

이모는 빗 하나를 꺼내 찬찬히 살펴보며 말했다.

"아직 쓸 만한 것 같아요. 좀 아깝기도 한데."

아버지가 답했다.

"어차피 버릴 거 아냐. 정해진 건 없어. 그냥 빗이면 돼⋯⋯."

그러자 이모는 이 빠진 빗을 골라 머리에 꽂고는, 머리를 흔들며 빗을 떨어뜨리는 연습을 했다.

"그렇게 야무지게 꽂을 필요 없어. 얌전히 앞머리에 붙어 있기만 하면 돼." 하고 아버지는 말했다. "우리 집 현관 앞에 있는 공터를 달리다 보면 금세 떨어질 거야."

아버지가 시키는 대로 이모는 이 빠진 빗을 꽂고 나갔다. 그리고 채 5분도 지나지 않아 빗을 떨어뜨리고 돌아왔다.

"됐어. 이걸로 액운을 면하고 내년엔 좋은 운이 올 거야."

아버지가 이렇게 말하며 기뻐하고 있는 찰나, 어머니가 돌아왔다. 어머니가 우는 남동생을 등에서 내려 젖을 물리는 동안, 이모는 어머니가 사 온 꾸러미를 풀었다. 떡 조각이 두세 개, 생선 토막이 일고여덟 개, 작은 봉투가 서너 개, 그리고 붉은 종이가 붙은 3전짜리, 아니면 5전짜리 하고이타* 하나가 전부였다. 즐거운 설을 맞이하기 위해 어머니가 준비한 것이었다.

새해 첫날, 어머니의 친정에서 외삼촌이 왔다. 외삼촌이 돌아가자마자 이번에는 외할머니가 와서 이모를 데려가려 했다. 그러나 외할머니는 이모를 두고 혼자 돌아갔다.

들기로는 정월에 우리 집에 온 외삼촌이 이모와 아버지 사이를 알아차리고 외갓집에 돌아가 외할머니에게 이야기하였고, 심히 걱정이 된 외할머니는 이모를 시집보낼 거라며 데리러 온 것이었다.

그러나 이런 전말을 알 리 없던 아버지는 이모의 병이 아직 완쾌되지 않았는데 지금 시집을 보내면 생명에도 지장을 줄 거라며 오히려 으름장을 놓았다고 한다.

"그런 건 괜찮네. 상대가 부자여서 시집가면 곧장 치료를 해 주겠다고 약속했어."

---

* 羽子板. 하고(배드민턴공과 비슷한 놀이기구 중 하나. 모감주나무 열매에 구멍을 뚫고, 채색한 새의 잔 깃털 꽂은 것)를 치는 장방형의 판자

외할머니가 이렇게 답하자 아버지는, 이번에는 자신의 지론인 운명론을 일장 연설하기 시작했다. 나쁜 운이 계속되기에 이모의 옷을 전당포에 넣었다, 따라서 이대로 돌려보낼 수는 없다, 이모는 몸이 약하기 때문에 힘든 일은 할 수 없다, 나도 이대로 있을 생각은 아니다, 조만간 좋은 인연을 찾아 책임지고 맺어주겠다, 등등 온갖 말과 구변을 다해 이모를 붙잡았다.

불쌍한 외할머니. 물론 외할머니는 아버지의 말을 믿지 않았을 것이다. 하지만 외할머니는 무지한 시골 사람이다. 교활한 도시인의 새빨간 거짓말에 당하지 않을 수 없었던 것이다.

외할머니는 허무하게 시골로 돌아갔다. 아버지는 성가신 외할머니를 보내고 안도의 한숨을 쉬었을 것이다. 혼자 마음의 짐을 지고 고통스러워한 사람은 바로 어머니였다. 사실, 그 이후로 우리 집은 항상 소란스러웠다. 그렇다면 이모는?

이모도 마음이 편안할 리 없었을 터. 이모가 때때로 두세 달 동안 집을 비웠던 것을 기억한다. 그리고 뒤에 안 사실이지만, 이모는 아버지 몰래 혼자 남의 집 식모살이를 하기도 했다. 그러나 그럴 때마다 아버지는 끝내 이모를 찾아 데리고 들어왔다.

두 번째로 이모가 집에 돌아왔을 때, 우리는 또 이사를 했다. 이번에 옮긴 곳은 요코하마 구보야마(久保山)로, 언덕 중턱에 자리한 조그만 마을이었고, 절과 화장장까지 있는 곳이었다.

여전히 아버지는 아무 일도 하지 않는 듯했지만 어떻게 돈을 마련했는지, 언덕 바로 밑에 있는 스미요시쵸(住吉町)에 장사하기 좋은 집 하나를 빌렸다. 아버지는 얼음 장사를 시작하려 했던 것이다.

얼음 가게 일은 이모가 도맡아서 했다. 어머니와 우리는 언덕에 있는 집에 남았고, 아버지는 가게를 관리한다는 이유로 낮이면 얼음가게로 나갔다. 그러나 그러는 것도 처음 잠깐뿐이었다. 나중에는 아예 우리 집에는 돌아오지 않았다. 즉, 자연스럽게 어머니와 우리는 아버지와 이모의 생활에서 거리가 멀어지고 만 것이다.

당시 나는 이미 일곱 살이 되어 있었다. 그리고 1월생이었기 때문에 마침 취학연령에 이르러 있었다. 그러나 무적자(無籍者)인 나는 학교에 갈 수가 없었다.

무적자! 이에 대해 나는 아직 아무 말도 하지 않았지만 여기서 잠시 설명해두고자 한다.

왜 나는 무적자인가? 표면적인 이유는 어머니가 아버지의 호적에 입적되지 않았기 때문이다. 어머니는 왜 입적되지 않았을까? 한참 시간이 흐른 뒤 이모에게 들은 내용이 가장 납득할 만한 사정이라 여겨진다.

이모 이야기로는, 아버지는 처음부터 어머니와 인생을 함께할 마음이 없었고, 좋은 사람이 생기면 버릴 작정이었기에 의도적으로 입적시키지 않았다고 한다. 어쩌면 이 말은 아버지가 이모의 환심을 사기 위해 되는 대로 이야기한 것인지도 모른다. 또 추측하건대 아버지는 유서 깊은 사에키 집안의 아내로 고슈(甲州) 산촌에서 자란 처녀를 맞이할 수 없다고 생각했는지도 모른다. 여하튼 그런 연유로 나는 일곱 살이 될 때까지 무적자였다.

어머니는 아버지와 함께한 지 8년이 지나도록 입적시키지 않는 데 대해 어떠한 말도 하지 않았다. 그러나 가만히 있을 수 없는 것은 바로 나였다. 왜냐하면 그건 내가 학교에 가고 싶었기 때문이다.

나는 어릴 적부터 공부가 좋았다. 그래서 학교에 보내달라고 줄기차게 졸랐다. 내 성화에 못 이긴 어머니는 급한 대로 나를 어머니의 사생아로 신고하려 했다. 그러나 허세 부리기 좋아하는 아버지는 그것도 용납하지 않았다.

"바보같이, 사생아 신고를 하겠다고? 사생아는 평생 떳떳하게 살 수 없어."

아버지는 이렇게 말하면서도 나를 자신의 호적에 넣어 학교에 보내려 하지 않았다. 학교에 보내주지 않는 것 정도는 참을 수 있다. 그렇다면 나에게 히라가나쯤이라도 가르쳐주면 되지 않는가. 아버지는 그것마저도 하지 않았다. 하는 일이라고는 종일 술 마시고 화투 치며 놀고 지내는 것이었다.

나는 취학연령에 이르렀지만 학교에 갈 수 없었다.

시간이 흐른 뒤 나는 다음과 같은 내용의 글을 읽게 되었는데, 아아, 그때 내 심정이란.

메이지(明治) 시대가 되어 서양제국과 교통이 열렸다. 잠자던 나라 일본은 급히 눈을 뜨고 거인과 같이 발걸음을 옮겼다. 한걸음에 족히 반세기를 뛰어넘었다. 메이지 초기에 교육령이 발포되자 아무리 깊은 산골이라도 소학교를 세워 사람의 자식이라면 모두, 정신적으로 육체적으로 특별한 결함이 없는 한, 남녀를 불문하고 만 7세가 되는 4월부터 강제적으로 국가가 의무교육을 시켰다. 그리고 모든 인민은 문명의 혜택을 누렸다.

하지만 무적자인 나는 그 혜택을 그저 말로만 접할 뿐이었다. 나는 산간벽촌에서 태어나지도 않았다. 오히려 수도 도쿄와 가까운 요코하마에 살고 있었다. 사람의 자식으로서 육체적으로도 정신적으로도 특별한 결함이 없었다. 그런데도 나는 학교에 갈 수가 없었다.

소학교가 세워졌다. 중학교도, 여학교도, 전문학교도, 대학도, 학습원(學習院)*도 세워졌다. 부르주아의 딸들과 아들들은 양복을 입고 구두를 신고 자동차로 교문을 드나들었다. 그러나 그것이 나와 무슨 상관이란 말인가? 나는 조금도 행복하지 않았다.

---

* 1877년(명치 10년), 황족과 화족의 자제를 위해 도쿄에 설립된 학교

우리 집에서 얼마 떨어지지 않은 곳에 함께 놀며 지내는 친구 두 명이 살고 있었다. 두 사람 모두 나와 동갑내기 여자아이였다. 한데 그들은 학교에 다녔다. 적갈색 깃의 윗옷을 입고, 머리에는 크고 붉은 리본을 묶었으며, 작은 손을 맞잡고 흔들며 노래를 불렀다. 그들은 매일 아침 우리 집 앞을 지나갔다. 나는 그런 모습을 집 앞에 있는 벚나무 밑에서 쪼그리고 앉아 부럽게, 그리고 슬프게 바라보곤 했다.

아아, 지상에 학교라는 게 없다면 나는 울지 않아도 될 텐데. 하지만 그렇게 된다면 저 아이들의 즐거운 모습도 볼 수 없겠지.

당시에는 모든 사람의 기쁨이 타인의 슬픔에 의해서만 존재한다는 사실을 아직 깨닫지 못하고 있었다.

나는 두 친구와 함께 학교에 가고 싶었다. 그러나 갈 수 없었다. 나는 책을 읽고 싶었다. 글을 써보고 싶었다. 그러나 아버지도 어머니도 글자 한 자 가르쳐주지 않았다. 아버지는 성의가 없었고 어머니는 글자를 몰랐다. 어머니가 시장에서 물건을 사 오면 나는 물건을 싼 신문지를 펴서 무슨 내용인지도 모르고 그냥 내가 생각했던 걸 글자에 맞추어가며 읽곤 했다.

그해 여름도 거의 반이 지났을 무렵이었다. 아버지는 어느 날 우연히 이모의 얼음가게에서 멀지 않은 곳에 사립학교 하나가 있다는 걸 알게 되었다. 그곳은 입적 여부를 묻지 않고 무적인 채로 다닐 수 있는 곳이었다. 그래서 나는 그곳에 다니게 되었다.

학교라면 제대로 된 시설이 있어야 하는데 그곳은 빈민굴의 집 한 칸이 전부였다. 낡아서 거무데데해진 방에는 망가져 속이 훤히 보이는 다다미가 깔려 있었고, 그 위에 빈 삿포로 맥주 상자 대여섯 개가 옆으로 누워 있었다. 그것이 아이들의 책상이었다. 나의 펜의 요람이었다.

스승님—아이들은 그렇게 불렀다—은 40대 중반으로 보이는 여자였다. 머리를 둥글게 묶고 때 묻은 유카타*에 줄무늬 앞치마를 두르고 있었다.

나는 보자기를 대각선으로 등에 매고 이 훌륭한 학교에 다녔다. 매일같이 언덕에 있는 집에서 이모의 얼음가게 옆을 지나다녔다. 아마 나와 비슷한 처지의 아이들이었겠지. 십여 명의 아이들은 좁은 골목길과 널빤지 깔린 길을 지나다녔다.

아버지는 나를 그 사립학교에, 즉 빈민굴 같은 집에 다니게 하고부터는 귀에 딱지가 앉을 정도로 말했다.

"잘 들어. 후미코는 착한 아이지. 저쪽 학교에 다니는 걸 집에 드나드는 아저씨들한테 말해서는 안 된다. 남에게 알려지면 아버지가 곤란해져. 알았지?"

---

* 浴衣. 두루마기 모양의 긴 무명 홑옷. 옷고름이나 단추가 없고 허리띠를 두름

이모의 얼음가게는 꽤 번창했다. 그러나 조금도 벌이가 나아지지는 않았던 것 같다. 아니, 벌이가 좋았는지도 모르지만, 아버지가 매일 술을 마시고 화투를 쳤기 때문에 좋아졌을 리가 없었을 것이다. 뿐만 아니라 아버지와 이모의 관계는 그 무렵 소문이 퍼져 이웃의 입에 오르내리고 있었던 것 같다.

그래도 그나마 이모 집은 괜찮았다. 힘든 것은 어머니와 우리였다. 어느 날이었다. 먹을 것이 아무것도 없었다. 저녁이 되었지만 쌀 한 톨 없었다. 그래서 어머니는 나와 남동생을 데리고 아버지를 찾아갔다. 아버지는 친구 집에 있었다. 그러나 어머니가 아무리 만나려 해도 좀체 나와 주지 않았다.

아마 어머니는 더 이상 참을 수가 없었던 모양이다. 갑자기 그 집 마루에 올라가 장지문을 열고 안으로 들어갔다. 밝은 램프 아래, 네댓 명의 남자들이 화투를 치고 있었다.

어머니의 분노가 폭발했다.

"흥, 대충 짐작은 했었어. 집에는 쌀 한 톨 없는데, 나도 이 아이들도 굶고 있는 지경인데 잘도 마시고 놀고 있네……."

아버지도 몹시 화가 난 듯 얼굴을 붉히며 일어났다. 그리고 어머니를 마루에서 밀쳐내고 맨발로 뛰쳐나와 어머니를 때리려 했다. 아마 함께 있던 남자들이 뒤에서 아버지를 말리고 어머니를 달래지 않았다면, 또 아버지를 방으로 데려가지 않았다면 불쌍한 어머니는 아버지에게 어떻게 당했을지 모르는 일이다.

주변 사람들의 도움으로 어머니는 맞지는 않았지만 우리는 쌀 한 톨, 돈 한 푼 얻지 못하고 맥없이 그 집을 나와야 했다.

슬픔을 가슴에 담으며 우리는 묵묵히 언덕길을 올라갔다.

"어이, 잠깐."

아버지의 목소리가 들렸다. 우리는 아버지가 쌀값이라도 쥐어주려 온 거라 생각했다. 갑자기 기분이 좋아졌다. 하지만 그건 착각이었다. 아버지는 참으로 잔혹한 악마와도 같았다.

아버지는 발을 멈추고 구원을 기다리는 우리에게 다가오더니 큰소리를 쳤다.

"사람들 앞에서 창피하게시리. 재수 없게 너 때문에 완전히 망했잖아. 두고 보자고!"

아버지는 이미 한쪽 게다를 벗어 손에 들고 있었다. 그리고 그걸로 어머니를 때리기 시작했다. 또 어머니의 멱살을 잡고 절벽 밑으로 떨어뜨리려 했다. 밤이라 잘 보이지는 않았지만, 밝은 낮에 보면 그 밑은 작은 가시나무가 무성한 높은 절벽이었다.

어머니 등에 업힌 남동생이 겁에 질려 울어댔다. 나는 바들바들 떨면서 두 사람 주변을 맴돌고 또 아버지의 소매를 붙잡으며 만류하려 했다. 문득 가까이에 고야마(小山)라는 아버지의 친구가 살고 있다는 사실이 떠올랐다. 엉엉 울면서 그 집을 찾아갔다.

"그랬구나……." 하며 아버지의 친구는 들고 있던 저녁상을 물리고는 같이 가주었다.

　사립학교에 다니고 얼마 지나지 않아 추석이 다가왔다. 스님은 학생들에게 백설탕 두 근을 가져오라 했다. 아마 설탕이 선생님의 유일한 보수였던 모양이다. 그러나 나는 가져갈 수가 없었다. 생활이 여의치 않았기 때문이기도 하지만, 복잡한 집안 사정은 나의 학교생활을 돌볼 여유가 없었다. 여하튼 이런저런 이유로 나는 가타가나 스무 개, 서른 개도 외우기 전에 학교와 멀어질 수밖에 없었다. 이모의 얼음가게도 여름이 끝나기 전에 문을 닫았다. 두 사람은 다시 언덕에 있는 집으로 옮겨 왔다. 집은 더욱 어수선해지고 아버지와 어머니는 사흘이 멀다 하고 싸움을 했다.

　두 사람이 싸울 때마다 나는 어머니를 동정했다. 아버지에게는 반감을 가졌다. 그 때문에 어머니와 함께 맞기도 했다. 아버지는 심지어 비가 억수같이 쏟아지는 밤중에 어머니와 나를 집 밖으로 내쫓고 문을 걸어 잠그기도 했다.

　아버지와 이모 사이는 변함이 없었다. 그러나 어머니의 친정에서는 이모가 돌아오기를 채근했다. 결국 이모도 고향으로 돌아가고 싶다고 했고, 또 아버지도 돌려보내겠다고 했다. 어머니와 내가 무척 기뻐했던 것은 새삼 말할 필요도 없을 것이다.

　그러나 아버지는 이모를 돌려보내더라도 맨손으로 보낼 수는 없다면서 얼음가게를 접은 돈으로 당시 17, 18엔이나 하는 비단 속옷과 오비,* 양산 등을 사주었다. 어렸을 적 나에게 해 주던 것처럼 아버지는 모든 물건을 손수 마련하여 이모에게 주었다. 예전에 딸에게 쏟던 마음이 지금은 여자에게 향해 있었다.

어느덧 가을이 왔다. 아버지는 이모를 위해 짐을 꾸리고, 우리 집에서 가장 좋은 이불까지 챙겨주었다. 남동생을 업은 어머니는 나와 함께 이모를 배웅했다.

"시집도 안 간 너를 이렇게 해서 보내다니 정말 미안하구나. 그렇지만 운이 나빴다고 생각하고 단념하자……."

어머니는 몇 번이나 이런 말을 되풀이하고 번번이 사과했다. 눈에는 눈물까지 맺혔다.

우리는 중간에 돌아왔지만 정차장까지 배웅하러 간 아버지는 밤이 되어서야 돌아왔다. 아아, 이 얼마나 기분 좋은 밤인가. 아이였지만 나도 깊이 안도했다. 조용하고, 또 조용한, 평화로운 밤이다!

그러나 얼마 지나지 않아 우리는 지나치게 조용한 생활을 하게 되었다. 왜냐하면 그 바로 다음 날이었는지, 사오 일이 지나서였는지, 아버지가 또다시 집에서 모습을 감추었기 때문이다.

"아아, 분하고 억울해라. 두 사람은 우리를 버리고 도망친

---

* 帶. 허리에 두르는 띠

거야."

어머니가 어금니를 꽉 깨물며 말했다.

가슴에 분노를 담고 있으면서도 지푸라기라도 잡고 싶은 심정으로 우리는 두 사람의 행방을 찾기 시작했다. 그러던 어느 날, 아버지가 우리 집에서 가져간 이불이 널려 있는 집을 발견했다. 두 사람을 찾기는 했지만 우리는 여느 때처럼 게다짝으로 늘씬하게 얻어맞았고, 무엇 하나 받아내지 못했다.

어머니

아버지에게 버려진 우리는 달리 방도가 없었다. 처음에는 가재도구를 팔아 먹을거리를 마련했지만, 그런 생활도 오래 이어지지 않았다. 물론 아버지는 돈 한 푼 보내주지 않았다.

그러나 우리는 살아야만 했다. 나카무라(中村)라는 대장장이와 동거를 시작한 어머니를 나는 비난할 수 없을 것이다.

"그 사람은 꽤 괜찮은 일당벌이야. 하루에 1엔 50전이나 번다는 구나……. 그러면 지금보다 생활도 나아질 테고, 너도 학교에 다닐 수 있어." 하며 어머니는 아무것도 모르는 철없는 나에게 허락을 구걸하듯 말했다.

작은 보자기를 들고 우리 집으로 온 나카무라는 슬그머니 눌러 앉았다. 매일 아침 그는 푸른 작업복을 입고 도시락을 가지고는 조금 떨어진 공장으로 출근했다.

나카무라는 당시 48, 49세였던 것 같다. 희끗희끗 센 머리에 심보가 나쁜 듯 눈은 움푹 패었으며, 자그마한 키에 등이 약간 굽어 있어 풍채가 시원치 않았다. 젊었을 적 꽤 귀공자 타입이었던 우리 아버지, 게다가 노동자를 심히 경멸하던 아버지의 모습에 길들여져 있던 탓인지 나는 풍채가 나쁜 나카무라와 친해지기는커녕 말 붙이기도 싫었다. 그래서 나는 의붓아버지인 나카무라를 마치 남처럼, 항상 "아저씨, 아저씨" 하고 불렀다. 어머니도 그다지 개의치 않았고, 역시 그를 무시하는 듯이 뒤에서는 "수염"이라는 별명으로 불렀다.

나는 나카무라의 말에는 뭐든 토를 달았다. 나카무라도 어떻게 해서든지 핑계를 만들어 나를 나무랐다. 어머니가 없을 때에는 혼자 몰래 밥을 먹고, 밥통을 내 손이 닿지 않는 높은 곳에 치워두기도 했다. 나를 이불에 싸서 벽장 속에 던지기도 했으며, 어느 날 밤에는 새끼줄로 공처럼 묶어 강가 나무에 매달기도 했다.

물론 어머니는 그런 사실을 알고 있었다. 하지만 어쩔 도리가 없었다. 그저 우리를 이런 처지로 만든 아버지와 이모에게 저주를 퍼부을 뿐이었다. 어머니는 항상 "그것들, 당장이라도 벌 받아 길에서 죽을 거야." 이렇게 말했다.

나카무라와 함께 사는 동안 가장 슬펐던 것은 나카무라에게 야단맞고 들볶인 게 아니었다. 그것은 바로 남동생과 헤어지게 된 것이었다.

어느 날 나는 어머니와 나카무라가 이야기하는 걸 언뜻 들게 되었다.

"그렇다면 한시라도 빨리 데려가야지. 어차피 저쪽 아이이고, 조금이라도 어릴 때 데려가는 게 좋지."

나카무라가 말했다.

"그런 놈에게 아이를 맡기는 것은 마음이 편치 않지만, 그렇다고 해서 달리 방법이 있는 것도 아니고."

어머니는 이렇게 대꾸했다.

나는 두 사람이 무슨 말을 하고 있는지 잘 알고 있었다. 불안했다.

"저기, 엄마. 겐 짱을 어디에 보내려고?"

참다못해 내가 물었다. 어머니는 나에게, 어머니와 아버지가 헤어지면서 나는 어머니가, 남동생은 아버지가 키우기로 약속했다고 설명했다. 슬펐다. 지금 나의 진정한 친구는 남동생뿐이라고 생각했고, 무엇보다 나는 내가 사랑하는 사람을 소유하고 있지 못했다. 나는 어머니에게 애원하고 또 애원했다.

"엄마. 내일부터 친구들과 놀지도 않고 아침부터 밤까지 겐 짱을 돌볼 테니, 울리는 일도 절대 없도록 열심히 돌볼 테니, 아버지에게 데리고 가지만 말아주세요. 네, 엄마. 그렇게 해주세요. 혼자가 되는 건 너무 슬퍼요."

그러나 어머니는 내 말을 들으려고 하지 않았다.

"그럴 순 없어, 후미. 겐 짱이 있으면 너나 나나 고생만 할 뿐이야. 마침 네 아버지도 애를 달라고 하고……."

내가 무슨 말을 해도 소용없었다. 결국 다음 날 나카무라가 없는 틈을 타 어머니에게 이렇게 말했다.

"엄마, 겐 짱을 아버지에게 보내야 한다면 저도 같이 보내줄 수 없어요? 겐 짱 없이 나 혼자 아저씨와 함께 있는 건 너무 무서워요."

그러나 어른들은 어른들만의 이유가 있을 뿐, 아이의 감정 따위에는 애당초 관심이 없는 듯했다. 어머니는 냉혹하게 나의 부탁을 거절했다. 그것은 나에게 운명과도 같은 것이었다. 나는 결국 무릎을 꿇을 수밖에 없었다.

그로부터 얼마 지나지 않아 어머니는 남동생을 등에 업고 아버지에게 데려다주러 갔다. 당시 아버지는 기차로 가야 할 만큼 멀리 떨어진 시즈오카(靜岡)에 살고 있었다.

남동생이 떠나고 곧바로 또 이사를 했다. 이사라고는 하지만 남의 집 셋방살이를 전전하는 것이었다. 철도 선로 침목 가까이에 있는 작은 집이었다. 6조 다다미방에는 항만 하역부 가족 5명이 살았고, 4조 다다미방에는 우리가 살았다. 너무나도 더러운 방이었다. 장지문에 발라놓은 신문지는 노랗게 색이 바래 있었고, 다다미는 망가져 속이 드러나 있었다.

특히 창문 밑 다다미에는 커다란 구멍이 나 있었는데, 그것을 감추기 위해 어머니는 그 위에 화로를 놓았다. 나머지 구멍에는 종이 골판지를 덧대 실로 꿰매었다. 이렇게 하여 망가진 다다미에서 나오는 먼지를 겨우 막을 수 있었다.

나카무라는 변함없이 공장에 다녔다. 어머니는 조금 떨어진 강가 창고에 나가 콩을 선별하는 일을 했다. 나는 집에 혼자 남겨지지는 않았다. 어머니가 간절히 부탁한 덕분에, 무적자였지만 근처 소학교에 다닐 수 있었다.

당연히 기뻤다. 남동생과 헤어진 후의 슬픔도 학교에 다니면서 잊을 수 있었다. 무엇보다도 그 학교는 예전과는 다른, 제대로 된 학교였다. 시설을 갖춘 멋진 학교로 보였다. 아이들도 좋은 집안의 자식들인 듯 여자아이들은 예쁜 옷을 입고 매일 리본 색을 바꾸어가며 치장하고 왔고, 그중에는 하인과 하녀가 등하교를 시켜주는 아이들도 있었다.

하지만 이런 환경이 또 나를 괴롭혔다.

학교를 다니기 시작한 후 얼마 지나지 않아 석판 대신—석판이 폐에 좋지 않다는 이유였다—연필과 공책을 지참해야 했다. 나에게는 좀처럼 어려운 일이었다. 나카무라는 당연히 나에게 관심이 없었고, 어머니도 연필과 공책을 사줄 여유가 없었다. 그래서 나는 공책 한 권과 연필 한 자루가 마련될 때까지 이삼 일씩이나 결석했다. 어머니는 돈이 들지 않는 학교로 보내려 했지만, 주거지상 학교를 옮길 수는 없었다.

어느 날 문득 아버지가 우리를 찾아왔다. 당시 아버지는 장사를 하는 듯, 큰 보따리 짐을 등에 지고 있었다. 어린 내 눈에도 아버지의 얼굴은 놀랄 정도로 야위어 보였다.

아버지를 정말 미워했지만 왠지 기뻤다. 아버지는 짐을 방

한구석에 놓고 화로 옆에서 나카무라와 대화를 나눴다. 그러는 동안에도 나는 왠지 아버지가 훨씬 훌륭해 보였고, 또 응석부리고 싶은 기분도 들었다. 그래서 나카무라가 자리를 비운 사이 아버지에게 귓속말로 "고무공 사주세요."라고 했다. 아아, 나는 학교에서 모두가 가지고 있는 고무공을 정말 갖고 싶었던 것이다.

그날 밤, 아버지는 신사 앞 상점으로 나를 데리고 갔다. 집앞 길을 벗어나자 "자, 업어줄까?" 하며 쪼그리고 앉아 나를 등에 태웠다. 마치 어릴 적 목말을 태우던 것처럼.

상점에서 고무공을 골랐다. 뭐든 네가 좋은 것으로 골라, 하고 아버지가 말했다. 나는 빨간 꽃무늬 모양의 공을 큰 것과 작은 것 두 개 골랐다. 그 외에도 여러 가지 무늬의 공이 있었다. 나는 넋을 잃은 듯 그것들을 바라보았다.

"또 가지고 싶은 게 있니?"라고 아버지가 물었다.

나는 조용히 고개를 저었다.

"불쌍한 것……."

아버지는 급히 자리를 뜨며 떨리는 목소리로 말했다.

"아직 갖고 싶은 게 많을 나이지. 아버지도 사주고 싶지만…… 지금은 돈이 없어. 조금만 참아줄래? 후미코……."

가슴이 뭉클했다. 하지만 나는 참았다. 사람들 앞에서 우는 것이 창피하다는 것쯤은 알고 있었기 때문이다.

우리는 잠시 밤길을 걷다가 집으로 돌아왔다. 밝은 시가지를 지나 어둡고 적적한 길로 들어서자 아버지가 말했다.

"후미코, 아버지가 잘못한 것 같구나. 미안해. 내가 어긋난 생각을 한 탓에 너까지 고생이 많구나. 정말 미안해. 하지만 후미코, 아버지가 돈을 벌게 되면 제일 먼저 너를 찾아 편하게 해주마. 그때까지만 기다려줘."

아버지는 울고 있었다. 떨리는 목소리로 훌쩍이고 있었다. 나도 울었다.

나는 마냥 어린애가 아니었다. 의리와 인정을 아는 어른처럼, "아무래도 좋아요. 아무리 가난해도 좋아요. 아버지 집에 가고 싶어요. 겐 짱이 있는 곳에 가고 싶어요." 하고 말했다.

"알아, 알아." 하고 아버지는 한층 훌쩍이며 말했다. "할 수 있다면 아버지도 그렇게 하고 싶어. 아무리 가난하다지만 너를 굶겨 죽이기야 하겠니. 하지만 지금 너를 데려가면 엄마는 쓸쓸해서 어쩌니. 엄마는 너만 믿고 있는데. 그러니까 조금만 참아. 그리고 엄마랑 양아버지 말을 잘 듣고 있어. 그럼 내가 데리러 올게. 꼭 올게……."

아버지는 걸음을 멈추었다. 길 한가운데 서서 소리를 억누르며 계속 울었다. 나도 아버지 등에 업힌 채로 흐느끼며 울었다.

하지만 아버지는 언제까지나 울고 있을 수가 없었다. 이윽고 분명한 말투로 "자, 그만 돌아가자. 엄마가 기다리잖니."라고 말하며 발걸음을 재촉했다. 그리고 집에 다다르자 등에서 나를 내려 흰 손수건으로 눈물을 닦아주었다.

그날 밤 늦은 시각, 아버지는 다시 짐을 지고 터벅터벅 발길을 옮겼다.

그 후로 나는 저녁이 되면 길가에 나가 사람들이 지나다니는 모습을 바라보곤 했다. 아버지가 데리러 올지도 모른다고 생각했기 때문이다. 하지만 그 후로 아버지는 나를 찾으러 오지 않았다.

우리는 또 이사를 했다.

어머니는 나를 소학교에 보내기 위해 제일 먼저 교장을 찾아가 울며 매달렸고, 그 바람은 이루어졌다.

예전에 다니던 학교에 비하면 새 학교는 훨씬 초라한 곳이었다. 가난한 아이들이 많아서 내가 다니기에는 적당했지만, 나는 노골적으로 차별 대우를 받았다.

아침에 수업이 시작되면 선생님은 학생들의 이름을 하나하나 부르며 출석을 확인한다. 하지만 내가 자리에 앉아 있어도 선생님은 내 이름을 부르지 않았다. 내 옆자리 아이의 이름은 불렀지만, 내 이름은 생략했다. 지금 생각하면 아무 일도 아니지만, 당시는 어린 마음에 꽤나 힘들었다. 그 때문에 나는 일부러 늦게 가기도 하고, 선생님이 출석을 부를 동안 책상 서랍 속을 들여다보거나 괜히 책을 읽기도 했다. 그리고 선생님에게 혼나면 치맛자락에 손을 넣고 우물거리곤 했다.

입학한 다음 달—아마—에 생긴 일이다.

아침에 나는 선생님에게 월사금 봉투를 건넸다. 잠시 후 선생님은 나를 교무실로 불렀다. 무슨 일인지 몰랐던 나는 태연한 얼굴로 교무실에 들어갔다.

담임선생님은 내가 건넨 월사금 봉투를 보여주며 말했다.

"봉투뿐이잖니. 안에 아무것도 들어 있지 않았어. 어떻게 된 거야?"

물론 나는 봉투에 손을 대지 않았다. 어머니가 월사금을 넣었을 거라 생각하고 가져온 것뿐이었다.

"저는 아무 짓도 하지 않았어요."

이런 대답 외에는 아무 말도 할 수 없었다.

"아무 짓도 하지 않았는데 돈이 없어질 리 없잖아. 학교 오는 길에 뭔가 샀니?"

"아니오."

"그럼 오는 길에 잃어버렸니?"

"아니오. 가방 속에 넣고 왔는걸요."

교장선생님도 무서운 눈으로 나를 다그쳤다. 군것질이라도 한 건 아니냐고 물으며 겁을 주었다. 결국 내 가방까지 뒤졌지만, 가방 속에는 돈이 없었을 뿐만 아니라 새로 산 물건 같은 건 나오지 않았다.

교장선생님과 담임선생님의 눈은 점점 매서워졌다. 선생님들은 내가 그 돈으로 뭔가 샀을 거라고 확신한 듯, 나의 나쁜 태도를 힐책했다. 그러나 나는 아무리 야단을 맞아도 모르는 일은 모르는 일이라고 주장했다.

급사가 집으로 가서 어머니를 데려왔다. 교장선생님에게 불려온 어머니는 처음에는 조금 당황하는 기색이었지만, 이내 상황을 파악했다.

"그건 제 딸이 한 짓이 아니에요. 그런 일은 하지 않았을 겁니다."

이렇게 말하며 어머니는 나를 위해 변명하기 시작했다.

"월사금은 어제 제가 가방 속에 넣어두었어요. 잃어버리면 안 되니까요. 그걸 남편이 본 모양이에요. 가방을 벽에 걸어두었는데, 아마 남편이 공장에 출근할 때 몰래 가져간 것 같아요. 이번이 처음도 아니에요."

이렇게 말하며 어머니는 여러 예를 들었다. 사실 나도 알고 있었다. 공책 속에 끼워둔 연필이 없어져 학교에서 울면서 집으로 돌아오기도 했다. 그런 일이 한두 번이 아니었다.

어머니의 말에 교장선생님의 마음이 움직였다. 나는 교장선생님이 어머니에게 말한 것을 기억한다.

"이렇게 똑똑한 아이를 그런 환경에 두는 것은 너무 불쌍하잖아요. 잘 돌볼 테니 차라리 우리 집에 양녀로 보내는 게 어때요?"

교장선생님이 진심으로 나를 동정한 것인지, 아니면 아이가 없던 교장선생님이 마침 좋은 기회라고 생각한 것인지, 지금 생각해도 잘 모르겠다. 여하튼 의심이 풀려 나를 위해주는 것이 기뻤다.

"감사합니다."라며 어머니는 교장선생님에게 인사했다. 하지만 나를 양녀로 보낼 수는 없었다. 어머니는 이어서 말했다.

"그렇지만 이 아이는 저의 유일한 자식입니다. 이 아이만을 바라보고 있어요. 아무리 고생스러워도 이 아이는 제 손으로 키우고 싶습니다."

교장선생님은 무리하게 요구하지는 않았다. 나는 어머니와 함께 집으로 돌아왔다.

이 일로 어머니는 나카무라와 싸움을 했다. 나카무라는 밖에서 술을 마시곤 했는데, 그 때문에 내 월사금에까지 손을 댔던 모양이다. 그리고 그 후로 이런 일이 더 빈번하게 일어났다. 때때로 나카무라가 벗어놓은 작업복 주머니에서 요리점 영수증이나 청구서가 나오곤 했다. 그러면서도 나카무라는 생활비를 줄여라, 숯을 아껴 써라, 잔소리를 해댔다.

어머니는 또다시 고통스러운 생활을 하게 되었다. 우리 아버지의 경우와 같이 좋아서 함께 사는 게 아니라, 생계 때문에 나카무라와 함께하는 생활은 훨씬 힘들었을 것이다. 하지만 나카무라도 공장의 기계인가 무언가를 훔쳐 판 일이 발각되어 결국 해고당하고 말았다.

그것을 계기로 어머니는 나카무라와 헤어졌다.

나카무라와 헤어진 후, 우리는 일단 살림을 정리하여 지인의 집에 머물게 되었다. 어머니는 나를 그 집에 맡겨놓고 매일 일자리를 찾아 나섰다. 그리고 아침에 나갈 때마다 이렇게 말했다.

"길가에서 놀면 안 돼. 나카무라가 찾아올지도 몰라."

어머니는 나카무라의 반대를 무릅쓰고 억지로 헤어진 듯한 눈치였다.

어머니는 매일매일 일을 찾아 다녔다. 하지만 시내에는 적당한 일자리가 없었다. 지인 아주머니의 오빠가 교외에 있는 제사장*에서 감독 일을 하고 있다기에 어머니는 그곳을 찾아가기로 했다.

어머니는 기쁜 듯이 말했다.

"아무튼 감독이래. 감독이라면 말발이 서니까 그 사람을 찾아가면 어떻게든 될 거야. 분명히 우리를 가엽게 여길 거야."

어린 내가 답답할 정도로 어머니는 남에게 의지하는 편이었다. 어머니는 혼자서는 단 한걸음도 앞으로 나아가지 못하는 사람이었다. 한 발을 딛더라도 자신을 도와주는 뭔가가 없으면 안 되는 여자였다. 하지만 나는 어린아이였다. 어머니를 따라야만 했다.

제사장에서도 좋은 일은 찾을 수 없었다. 첫째로, 어머니가 찾아간 사람은 감독이 아니었다. 제일 힘든 허드렛일을 하는

---

* 製絲場. 솜이나 고치 따위에서 실을 뽑아내는 일을 하는 곳

사람에 지나지 않았다. 하지만 우리는 그곳에서 3개월 정도를 머물렀다. 당시의 생활은 희한하게도 아무것도 기억나지 않는다. 유일하게 기억하는 것은 어느 날 조선 엿을 가지고 아버지가 불쑥 나타난 것이다.

아아, 나는 얼마나 기뻤는지 모른다. 약속을 지키려고 아버지가 온 것이다. 나를 데리러 올 만큼 아버지 형편이 나아진 거야, 나는 그렇게 생각했다.

하지만 실제로는 그렇지 않았다. 아버지임에는 틀림없었으나, 한층 초라해진 모습이었다. 예전에 고무공을 사주던 그 모습이 아니었다.

아버지가 찾아오자 어머니는 공장 일을 그만두고 아버지와 함께 살았다. 헤어지기 전과 같이 두 사람은 그렇게 살았다. 하지만 언제부턴가 아버지는 또 자취를 감추었다. 얼마나 아버지가 집을 비웠는지, 언제 사라졌는지 기억이 나지 않을 정도로, 아버지도 나도 서로에게 무관심했다.

우리는 다시 원래 있던 곳으로 돌아왔다. 어머니는 방적공장 일을 구한 모양이었다. 우리는 연립 공동주택에 집을 빌렸고, 나는 예전에 다니던 학교에 다시 나갔다. 원래 아무것도 없던 터라 생활이 편하지는 않았지만, 이번에는 어머니와 나 둘만 살게 되었기에 거치적거리는 것이 없어 비교적 순조로운 일상이 이어졌다. 두 사람에게 갑자기 재해가 닥쳐오지 않는 한, 적적하기는 하지만 재미있는 생활이 지속될 거라고 생각했다.

더도 말고 덜도 말고 이렇게만 지냈으면 좋겠어. 어린 나도 기도하는 심정이었다. 하지만 그런 바람은 역시 어림도 없었다. 남에게 의지만 하는 어머니, 게다가 남자가 없으면 안 되는 여자였던 어머니는—지금 생각해보면—젊은 남자와 동거를 시작했다.

그 남자는 어머니보다 일고여덟 살이나 어렸다. 당시 스물예닐곱 살 정도였다. 어머니가 아는 과부의 집에 하숙을 했기 때문에 나도 물론 그 남자를 본 적은 있었다. 그 남자는 장발에 기름을 덕지덕지 발라 반듯하게 가르마를 타고, 푸른 비단 손수건을 목에 두르고는 담배를 뻐끔거리며 동네를 돌아다녔다.

그 남자와 동거하기로 결정했을 때 어머니는 나에게 말했다.

"아주 부지런한 사람이래. 게다가 젊잖니. 열심히 일해준다면 이번에는 너나 나나 편히 지낼 수 있어."

나는 싫었다. 왠지 슬퍼지기도 했다. 조금 되바라진 면이 있었던 나는 대놓고 싫은 내색을 했다.

"그렇게 열심히 일하는 타입은 아니래요, 엄마. 어제도 그제도 그 전에도 항상 빈둥빈둥 돌아다니는 걸 나도 봤는걸요."

그러나 어머니는 나의 반대에 전혀 개의치 않았다. 어제, 그제 쉬었던 것은 감기에 걸려 공장에 나갈 수 없었기 때문이야, 라며 그 남자를 감쌌고, 보기 드문 근면한 사람이라고 과부가 말한 것을 역설했다.

이런 이야기를 나누고 사흘도 지나지 않아 그 남자는 어물

쩍 우리 집에 들어와서 그대로 살게 되었다.

그 남자는 고바야시(小林)라는 사람이었다. 그는 부두 인부로, 아주 게을렀다. 그의 하숙집 주인 중년 과부—실제로 고바야시와는 부부관계였다—는 전과 2, 3범이었지만, 그 과부조차도 고바야시를 다루기 힘들어 우리 어머니에게 떠넘긴 것이었다. 즉, 뒤탈이 없도록 어머니를 꾀어 넘겨버린 것이었다.

고바야시는 집 안에 틀어박혀 나올 생각을 하지 않았다. 어쩌다 일 하러 가는 날이면, 늦게 나간 탓에 공치게 되었다며 다시 돌아왔다. 어머니 또한 언제부턴가 공장 일을 그만두었고, 두 사람은 그냥 집에서 누워 지냈다. 그리고 가능하면 나를 멀리하려 했다.

어느 날 밤이었다. 9시가 지난 시각이었지만, 나는 자지 않고 하나밖에 없는 6조 다다미방* 구석에서 복습을 하고 있었다.

고바야시와 어머니는 바로 옆 이불에 누워 나 따위는 아랑곳하지 않고 시시덕거리고 있었다. 갑자기 어머니가 나에게 군고구마를 사 오라고 했다. 누운 채로 팔만 뻗어 머리맡 이불 밑에서 지갑을 꺼내더니 툭 던졌다. 5전짜리 은화와 동화 서너 개가 다다미 위로 흩어졌다.

---

* 다다미 6장 크기의 다다미방

"지금 이 시간에 군고구마라뇨, 엄마."라고 불평하면서 "군고구마 가게는 벌써 문 닫았을 텐데요." 하고 말하자 어머니는 짜증이 나는 듯 거칠게 내뱉었다.

"군고구마 집이 어디 거기 한 군데뿐이니? 뒷길 목욕탕 옆 집에 가면 살 수 있을 거야. 얼른 다녀오렴."

뒷길 목욕탕 옆 군고구마 가게. 그 말을 듣고 어린 나는 몸서리쳤다. 거길 가려면 하치만(八幡)*이 있는 숲을 지나야만 했기 때문이다.

"저기, 엄마. 군고구마 대신 과자를 먹으면 안 될까요? 과자 가게는 바로 저쪽 밝은 곳에 있잖아요."

"안 돼! 군고구마가 아니면 안 돼!"

어머니는 날카롭고 높은 목소리로 화를 냈다.

"너는 지금 부모 말을 거역하는 거냐? 얼른 가. 약해 빠져서. 뭐가 무섭다는 거야."

어머니의 기세에 눌린 나는 마음을 다잡지 않을 수 없었다.

"그럼 얼마나 사 와야 하는 건데요?"

"탁자 밑에 5전짜리 동전이 있네. 그만큼 사 와."

어머니는 이불 속에서 턱짓으로 말했다. 어쩔 수 없이 나는 동전 하나를 쥐고 일어섰다. 그리고 부엌으로 가 보자기를 집어 들고 길을 나섰다.

---

* 오진천황(應神天皇)을 주신(主神)으로 모시는 신사

문을 열고 밖을 보니 더럭 겁이 났다. 밖은 새까맣고 바람이 쌩쌩 불고 있었다. 멀리서 화재 순찰 당번이 딱따기 치는 소리가 들렸다. 왼편에는 시커먼 하치만 숲이 솟아 있었다. 숲은 낮에 보는 것보다 가까이 있는 듯했고, 무겁게 덮쳐오는 듯했다. 그 숲속을 나 혼자 지나야만 했다. 도리가 없었다. 나는 가야만 했다.

문에 선 채 망설이며 우물쭈물하는 나에게 갑자기 어머니가 다가와 "얼른 가지 못하겠니." 하며 밖으로 밀쳐냈다. 그러고는 문을 닫아버렸다. 이건 운명이다. 나는 내가 가진 모든 용기를 내어 숨도 쉬지 않고 죽도록 달렸다. 숲속을 언제 어떻게 지났는지 기억도 나지 않는다. 군고구마 가게에서 뜨끈한 녀석을 보자기에 싸서는, 쫓기듯 다시 한걸음에 그 길을 달려 집으로 돌아왔다.

그런데, 아아 그때! 나는 엉겁결에 얼굴을 돌리며 다시 어두운 문 밖으로 나올 수밖에 없었다. 어머니는 군고구마가 먹고 싶었던 게 아니었다. 단지 나를 밖으로 내보내고 싶었던 것이다.

봄이 되자 학교에서 종업식을 했다.

교장선생님의 이해를 얻어 학교를 다니기는 했지만 나는 수료장을 받을 수 없었다. 그런 나는 진급도 할 수 없었다. 어머니는 교장선생님을 찾아가 다시 사정했다. 그 결과 나는 학교를 다녔다는 증명서를 받을 수 있었고, 그 덕에 어머니가 아는 분의 아들이 입던 옷을 빌려 입고 종업식에 참석할 수 있었다.

식장 정면의 하얀 테이블보를 씌운 탁자 위에는 수료장과 상품이 푸짐하게 준비되어 있었다. 좌우로 격식을 갖추어 옷을 입은 어머니들과 선생님들이 엄숙하게 서 있었고, 탁자 앞에는 예쁘게 차려입은 아이들이 줄지어 섰다.

식이 시작되었다. 교장선생님은 무슨 연설을 하고 나서 테이블 앞으로 학생들을 한 사람 한 사람 불러 수료장과 상품을 수여하였다. 아이들도 기쁜 듯 방긋방긋 웃으며 자랑스럽게 수료장과 상품을 받았다.

마지막으로 내 차례가 되었다. 내 이름이 불리자 나도 아이들 사이를 비집고 나가 역시 웃으면서 테이블 앞에 섰다. 인사를 하고 두 손을 높이 들었다. 교장선생님은 나에게 종이를 주었다.

아아, 그건 말 그대로 종이였다. 다른 아이들은 딱딱하고 두꺼운 종이에 글자가 인쇄된 수료장을 받았지만, 나 혼자 붓글씨로 뭔가를 쓴, 반으로 접힌 종이를 받은 것이다. 교장선생님으로부터 건네받자마자 그 종이는 힘없이 축 처졌다.

나는 굴욕스러웠다. 친구들이 손에 들고 있는 훌륭한 수료장과 상품, 좌우로 서 있는 학부형과 교사, 졸업식, 모두가 나를 멸시하기 위한 거라는 생각이 들었다. 이럴 거면 처음부터 참석하지 말 것을. 남자아이의 옷까지 빌려 입고 온 내가 싫었다.

그런 일은 그나마 나은 편이었다. 우리 집 형편은 날로 어려워졌다. 가재도구를 팔아 생계를 이어갔다. 쥐약도 내다 판 상태였다. 화로도 없었다. 돈이 되는 물건은 죄다 팔았다. 그리고 이윽고 내 차례가 왔다. 즉, 내가 유곽에 팔려가게 된 것이다.

어느 날이었다.

우리 집에 먹을 것 하나 없다는 사실은 아이였던 나도 잘 알고 있었다. 그런데도 어머니는 나에게 빨간 매화가 달린 비녀를 사주었다. 평소부터 그게 갖고 싶었던 나는 하늘을 날 듯이 기뻤다.

어머니는 내 머리를 빗겨주며 비녀를 꽂아주었다. 옷은 한 벌밖에 없었기 때문에 새옷을 입을 수는 없었지만, 평소와는 달리 단정하게 입혀주었다. 그리고 어머니는 우리 집이 얼마나 어려운지, 나를 이렇게 내버려두기에는 내가 얼마나 불쌍한지, 하는 이야기를 절절하게 읊어댔다. 나도 눈물을 흘릴 뻔했다.

그러나 어머니는 이내 어조를 바꾸며 밝은 얼굴로 이렇게 말했다.

"그런데 후미, 다행스럽게도 너를 받아준다는 곳이 있어. 그곳은 우리 집처럼 가난하지도 않아. 어쩌면 너를 꽃가마에 태워 시집을 보내줄지도 몰라."

나는 어머니와 헤어져 다른 집으로 간다는 것이 슬펐지만, 어린 나도 어머니가 나 때문에 얼마나 고생하는지 잘 알고 있었기 때문에, 그런 곳이 있다면 가야 한다고 생각했다. 물론 나는 '꽃가마'가 무엇인지도 몰랐다. 하지만 그것을 타는 것은 분명 좋은 일일 거라 생각했다. 나는 슬프기도 하고 기쁘기도 했다. 뭐라 말할 수 없는 복잡한 기분으로 어머니를 따라 집을 나섰다.

어머니는 나를 어느 멋진 집으로 데려갔다. 우리는 그 집 현관 앞에 잠시 앉아 기다렸다. 그러자 검은 오비를 맨 중년 여자가 나와서 거만하게 인사를 건넸다.

지금 생각해보면 그 사람은 기생을 관리하던, 말하자면 인신매매업 알선자였던 것 같다. 중년 여자는 내 얼굴을 빤히 바라보았다. 잠시 후 물건 하나를 앞에 두고 중년 여자와 어머니 사이에 거래가 시작되었다.

"아이가 너무 어려. 얘가 물건이 되려면 적게 잡아도 오륙 년이 걸려. 그 비용이 만만치 않아. 놀려둘 수 없으니 학교에도 보내야 하고. 적어도 소학교는 졸업해야지 않겠어. 게다가 손님 앞에 내보내려면 연습도 시켜야지. 그러려면 밑천이 좀 든다는 얘기지……."

이것이 중년 여자의 계산이었다.

어머니는…… 어머니는 진심으로 괴로운 듯 흐느껴 울며 답했다.

"저는, …… 저는 정말 돈 때문에 이 아이를 여기 데려온 게 아니에요. 그러니 돈은 아무래도 좋아요. 제가 너무 가난해서 차라리 아이를 이곳으로 데려오는 게 아이한테도 좋다고 생각했어요."

"그건 그래. 아무리 기생이라도 출세하면 사정은 달라지지……."

중년 여자는 어머니의 약점을 쥐고 맞장구를 쳤다. 어머니는 기다렸다는 듯 아버지의 호적등본과 족보 베껴 쓴 걸 보여주며, 아버지의 집안이 명망 높다는 걸 상대방에게 호소했다.

"이 정도면 떳떳한 편 아닐까요. 출세에도 도움이 될 것 같기도 하고……."

아마 중년 여자는 좋은 먹잇감이 절로 찾아왔다고 생각했을 것이다. 어머니는 그다지 돈에 집착하지 않았고 이야기는 순조롭게 진행되었다.

물론 나는 집에서 나올 때 어머니가 했던 말과는 달라졌음을 알고 있었다. 하지만 그때까지만 해도 기생이 무슨 일을 하는지 몰랐다. 또 학교에도 보내준다고 하고 예의도 가르쳐준다고 하기에, 그렇게 싫지는 않았다.

그러나 나를 어느 지방으로 보낼 것인가, 하는 이야기가 나오자 어머니는 다시 생각하기 시작했다. 중년 여자는 나를 도카이도(東海道) 미시마(三島)에 보내겠다고 했다. 미시마라는 말을 듣자 어머니의 얼굴이 어두워졌다.

"좀 더 가까운 곳에 보냈으면 하는데요."

어머니는 애원하듯 말했다.

"미시마는 너무 멀어서 때때로 만나러 가기도 힘들고……."

"그렇기는 하지."

상대방도 좀 당황스러운 듯했다.

"공교롭게도 미시마 외에는 지금 자리가 없어……."

어머니는 몇 번이나 가까운 곳을 부탁했지만, 상대방은 꿈쩍도 하지 않았다. 결국 어머니는 단념했다.

"그럼 다음에 올게요."

어머니는 유감스러운 듯 미시마 자리를 거절했고, 우리 두 사람은 다시 암울한 집으로 돌아왔다. 되돌아보면 얼마나 다행스런 일이었는지. 또 어머니가 내 행복을 위해 그렇게 행동했다는 것도 믿을 수 없을 것 같았다. 나의 행복을 위해서라면 때때로 만나지 못한다는 이유로 거절할 리 없을 테니까.

마지막 남은 물건인 '나'를 파는 데 실패한 우리는 방법이 없었다. 집주인은 매일같이 집세를 독촉했다. 주변 상점도 더 이상 외상을 해주지 않았다. 그래서 어머니와 고바야시가 생각해낸 것은 야반도주였다. 어느 날 밤 우리는 남은 가재도구를 제각기 손에 들고 몰래 도망쳤다. 이번에 자리 잡은 곳은 싸구려 여인숙이었다. 우리는 말 그대로 '밑바닥'으로 떨어진 것이다.

우리는 다다미 3조 방을 빌렸다. 다른 방에는 인부, 양산 고치는 사람, 점쟁이, 마술사, 목수와 같은 사람들이 함께 북적북적 살고 있었다. 그들은 비가 오는 날에도, 날씨가 좋은 날에도 대부분 빈둥빈둥 놀며 지냈다. 생활비가 바닥이 나면 그제야 어쩔 수 없다는 듯 작업복을 걸치거나 구깃구깃한 옷을 다려 입고 나갔다. 그리고 돌아올 때는 싸구려 술을 마시고 알아볼 수 없는 모양새가 되어 들어왔다. 그러면 또 한바탕 소동이 벌어졌다. 도박을 하거나 쓸데없는 허세를 부리다가 결국에는 엄청난 싸움으로 번지곤 했다.

이런 환경 속에서 게으름뱅이 고바야시가 일할 리 만무했다. 어린 나조차 기가 막혀버릴 정도였다. 어쩌면 저렇게 질리지도 않고 잘 자는 걸까 감탄스러울 정도로, 그는 매일매일 아침부터 밤까지 방구석에서 잠만 잤다.

우리는 하루에 삼시 세끼를 먹는 일이 거의 없었다. 종일 굶는 날이 더 많았다. 항상 배가 고팠다. 지금도 나는 배고플 때마다 생각한다. 주린 배를 움켜쥐고 길을 가다가 어느 집 쓰레기통에 버려진 새카맣게 탄 밥을 나도 모르게 입에 넣던 것을. 그리고 그 밥을 참으로 맛있게 먹었던 것을.

"정말 너를 너무 고생시키는구나. 미안하다."

어머니는 항상 미안한 얼굴을 하며 나에게 사과했다.

내가 "저런 남자와 같이 사니까 그런 거지."라고 말하자 어머니는 한층 곤란한 얼굴을 하며 대꾸했다.

"조금은 부지런한 사람인가 했더니, 정말 넌더리가 난다. 지긋지긋해. 누가 무슨 말을 해도, 어떤 고생을 하더라도 혼자 살아야 했는데. 너랑 나랑 둘이서 살았으면 이렇게 망가지지도 않았을 텐데."

어머니는 비통한 듯 고개를 떨어뜨렸다. 제대로 말을 잇지도 못했다. 다시 얼굴을 들고는 이번에는 체념한 듯 조금은 또렷한 목소리로 말했다.

"하지만 지금은 헤어지고 싶어도 마음대로 헤어질 수 없는 상황이 되어버렸어. 이럴 줄 알았다면 헤어질 수 있었을 때 과감하게 헤어졌어야 했는데……."

그게 나는 무슨 말인지 몰랐다. 단지 나약한 어머니가 답답했을 따름이다.

어머니는 고바야시에게 자주 잔소리했다. 하지만 고바야시는 맷돌처럼 대꾸도 하지 않았다. 단념한 어머니는 부업으로 삼실 잣는 일을 했지만, 그것도 곧 그만두었다. 어딘가 몸이 아픈 듯 생기 잃은 얼굴을 하고 항상 누워 있거나 했다.

그러나 나는 아직 어린아이였다. 괴로운 상황에 처해 있기는 했지만, 밖에서 놀고 싶었다. 어느 날 내가 동네 아이들과 제방 아래에서 놀고 있는데 느닷없이 어머니가 무거운 걸음으로 다가와 나를 불렀다.

"왜요, 엄마?"

어머니는 힘없는 목소리로 주변에 꽈리나무가 없냐고 물었다. 본디 아이들은 친절한 법이다. 함께 놀던 아이들 모두 꽈리나무를 찾았다. 다리 밑에 있는 걸 쉽게 찾을 수 있었다. 아이들 가운데에는 훨씬 예전부터 꽈리나무가 있다는 걸 알고

자랄 때까지 기다렸다는 녀석도 있었지만, 그것을 뽑아주었
다.

"고맙구나."

어머니는 인사를 하며 뿌리만 뚝 잘라 소매 속에 넣고 돌아
갔다. 그날 밤 나는 이 꽈리나무의 노란 뿌리가 헌 신문지에
싸여 방 안 램프 옆에 놓여 있는 것을 보았다.

지금 생각해보니 어머니는 임신 중이었고, 꽈리나무 뿌리로
아이를 지우려 했던 것이다.

고바야시의 고향

이윽고 가을이 되었다.

어머니와 고바야시가 무슨 수로 돈을 마련했는지, 어쨌든 두 사람은 나를 데리고 고바야시가 태어난 고향으로 갔다.

고바야시의 고향은 야마나시현(山梨縣) 기타쓰루군(北都留郡)으로, 마을 이름은 잊어버렸지만 꽤나 깊은 산골이었다. 고바야시의 가족들은 농업으로 생계를 유지하고 있었지만, 불편하지 않을 정도의 생활은 할 수 있는 형편이었다. 고바야시의 형제는 세 명이었지만 제대로 된 사람은 없었고, 차남인 고바야시가 그나마 나은 편이었다. 그래서 아버지가 사망한 후에는 장남을 대신하여 고바야시가 일가를 꾸렸지만, 그런 고바야시도 얼마간의 돈을 들고 집을 뛰쳐나오고 말았던 것이다. 가족들은 이미 고바야시가 한 짓을 알고 있었지만, 그로부터 오랫동안 소식이 뜸했던 터라 나이 많은 아내를 데리고 홀연히 나타난 걸 보고 놀라는 한편 기뻐하기도 했다. 그리고 고바야시를 위해 가능한 한 편의를 제공해주려 했다.

앞에서도 말한 것처럼 잘 기억나지는 않지만, 그곳은 고소데(小袖)라는 마을이었다. 씨족사회처럼 친인척이 모여 열네댓 가구를 형성하고 있는 조용한 마을이었다. 그곳에 도착했을 때 우리가 살 만한 집은 없었다. 그래서 친인척들은 고바야시의 형수 친정집 서쪽에 있는 장작창고를 정리하여 살게 해주었다.

본디부터 장작과 짚을 마구 쌓아두던 곳이라 마루는 썩었고 벽은 헐었으며 비까지 샜다. 도저히 어떻게 할 수 없는 곳이었지만 낡은 판자를 덧대고 진흙을 이겨 벽에 발라 겨우 잠을 잘 수 있도록 만들었다. 장작창고는 다다미 10장짜리 네모진 마루와 다다미 2장짜리 방으로 이루어져 있었다. 헌 다다미가 2장 깔려 있는 방이, 말하자면 우리의 안방이자 식당이었다. 화로는 입구 가까운 곳에 있었지만 원래 시골 장작창고였던 터라 문도, 문지방도 없었다. 여름에는 멍석을 매달아 문을 대신하였지만, 겨울에는 견딜 수 없이 추웠기 때문에 다른 집 문짝을 2개 정도 빌려 입구를 막고 새끼줄로 고정시켰다. 그렇게 해도 눈보라가 치는 밤에는 눈과 함께 차가운 바람이 가차 없이 방 안으로 불어왔고, 아침에 일어나 보면 화로 주위에 눈이 쌓여 있는 일이 허다했다. 게다가 한쪽 벽 옆은 마구간, 다른 한쪽 옆은 공동변소였기 때문에 몹시 불결했다.

고바야시는 고향에 자리를 잡자 의심스러울 정도로 성실하게 일을 했다. 처음에 그가 한 일은 숯을 굽는 일이었다. 어머니는 어머니대로 이웃의 재봉 일을 하고 그 대가로 무나 감자와 같은 채소를 받아 왔기 때문에 입에 풀칠 정도는 할 수 있었다. 그리고 나는 이전의 종업식 이래 그만두었던 학교를 다시 다니게 되었다.

나는 그리운 고소데 마을을 추억하고 싶지만, 그 전에 먼저 이 마을의 생활상에 대해 이야기하고자 한다.

도시에 살면서 7, 8층짜리 빌딩과 긴자(銀座)의 화려한 쇼윈도를 본 사람이라면, 또는 자가용을 타고 다니거나 카페에 드나드는 사람이라면, 또는 여름에는 선풍기, 겨울에는 난로를 마음껏 사용하는 사람이라면 내가 지금 하는 이야기를 거짓말이라고 생각할 것이다. 그러나 이것은 거짓도 과장도 아니다. 나는 생각한다. 도시의 번영은 시골과 도시 간의 교환에서 도시가 시골을 속여 갈취한 결과라고.

앞서도 말한 바와 같이 고소데 마을은 친인척 열네댓 가구가 모여 형성된, 말하자면 원시사회와도 같은 곳이었다.

마을은 급경사진 산기슭의 해가 잘 드는 남쪽 골짜기에 자리하고 있었다. 논은 한 마지기도 없었다. 있는 거라곤 산과 산을 개간한 밭뿐이었다. 그래서 마을에서는 봄과 여름에는 주로 양잠을 했고, 또 밭에 보리와 뽕을 심었으며, 집에서는 먹을 채소를 길렀다. 모래땅에는 와사비를 심었다. 겨울이면 남자는 산에서 숯을 굽고 여자는 집에서 숯가마 엮는 일을 했다. 마을이 산간에 있었기 때문에 마을 사람들은 대부분—70~80%—의 수입을 숯으로 얻었다.

이러한 상황인지라 마을 사람들의 식사는 매우 조악하였다. 밥은 지금 내가 먹고 있는 것과 같은 굵게 쪼갠 보리밥이었지만 실은 감옥에서 먹는 밥보다 못했다. 감옥 밥은 4분 6반이라 하여 동남아시아산 쌀이 40% 섞여 있지만 마을에서는 흰 쌀 한 톨 구경할 수 없었다. 대신 감옥 밥과 같이 벌레, 돌, 지푸라기 등은 섞여 있지 않았다. 채소 조림은 감옥과 같다고 할 수 있다. 왜냐하면 채소를 조릴 때 설탕 하나 넣지 않으니까. 마을에서 먹을 수 있는 생선이라곤 뱉어버릴 정도로 짠 연어가 유일했다. 그것도 한 달에 한 번밖에 먹을 수 없었다.

그러나 이런 조악한 식사로 건강을 유지할 수 없었을 거라고 판단한다면 곤란하다. 산에 한번 들어가 보면 그 이유를 알 수 있다. 산에서는 지금 유행하는, 소위 비타민을 다량 함유한 먹을거리가 풍부했다. 평소 끼니에 결핍되어 있는 당분이나 칼로리는 으름, 배, 밤 등으로부터 얻을 수 있었다. 아이들은 물론 어른들도 열매와 과실을 따 먹었다. 그래도 남는 열매는 까마귀나 쥐의 먹이가 되었고, 그중에는 동물의 눈에도 띄지 않고 휘어버린 가지가 흙에 묻혀 썩어가는 일도 있었다. 아이들은 동물을 쫓기만 할 뿐 죽이지는 않았다. 그래서 사냥하면 먹을 수 있는 야생 동물들, 특히 토끼 같은 것들이 마을 뒷

산이나 학교 가는 길가 숲에 여기저기 자주 뛰어 다녔다.

나는 이 시기에 진정으로 자연과 친구가 될 수 있었다. 그 덕분에 나는 시골 생활이 얼마나 이상적이고 건강한 것이며 또 자연스러운 것인가를 지금도 느끼고 있다. 그렇다고는 하지만 마을 사람들의 생활이 그리도 비참한 것은 무엇 때문일까. 아주 먼 옛날은 모르겠다. 도쿠가와(德川)의 봉건시대, 그리고 지금의 문명시대, 시골은 도시 때문에 점차 야위어간다.

내 생각에는 시골에서도 양잠을 할 수만 있다면 농민들의 삶이 나아질 것 같다. 그러면 일부러 시내 상인들에게서 목면 옷과 오비를 살 필요도 없을 것이다. 누에와 숯을 도시에 팔기 때문에 그 가치보다 훨씬 못한 질 낮은 목면이나 머리장식을 살 수밖에 없고, 교환상의 속임수로 시골은 도시에 돈을 빼앗기고 마는 것이다.

그런데 마을은 이런 일을 할 수가 없다. 돈의 유혹 때문에 숯과 누에를 팔려 한다. 그러면 시내 상인들은 기회를 놓치지 않고 마을에까지 들어온다. 행상인들은 여성용 장식 깃 10장이 든 상자 하나, 다시마나 건어물 상자 하나, 방물 상자 하나, 갖가지 마른 과자가 든 상자 하나 등을 층층이 포개어 들고, 또 게다나 다시마, 건어물 등을 등에 짊어지고 왔다. 그들은 한집 한집 들러 물건을 보이는 것이 아니라 비교적 유복한 집 화롯가에 임시 상점을 열었다.

"상인이 왔어."

소식은 온 마을에 퍼졌다. 마을의 여자들은 모여들어 갖고 싶은 듯 물건들을 손에 들어보면서 가격을 물었다.

"어머 비싸기도 해라. 오마사 상은 열흘 전에 시내에서 이런 걸 20전에 샀다던데."

행상인들은 그런 말 하나하나에 뭔가의 이유를 붙여, 결코 비싼 게 아니라는 둥, 물건이 다르다는 둥 그럴듯하게 속여 넘겼다. 아니, 그럴듯하게 둘러댈 뿐만 아니라 꼭 사고 싶게 만들었다. 거래가 성사되기까지는 꽤 오랜 시간이 걸렸다. 당연한 일이다. 아무리 시간이 지체되어 어딘가에서 자고 가야 하더라도 숙박비는 시내와 비교해 4분의 1, 5분의 1에 지나지 않았고, 또 그들과 같은 여행객에게는 숙박비를 받지 않는 곳도 있었기 때문이다. 따라서 시간이 문제가 아니라 조금이라도 많이 파는 것이 중요했다.

여자아이들은 아버지 몰래 장식용 깃이나 머리장식을 샀다. 아낙들은 고치, 손수 자은 생사, 곶감, 흙 묻은 와사비를 짚 꾸러미에 몰래 넣어 가지고 와서는, 3분의 1 값어치도 안 되는 물건과 교환한다. 이렇게 마을은 매년 상인들에게 자신의 피와 땀으로 만들어진 결과물을 빼앗기는 것이다.

우편배달은 5일에 한 번, 7일에 한 번밖에 오지 않았다. 겨울에는 고타쓰*에 모여 앉아 가족들과 차를 마시며 이야기하

---

* 炬燵. 일본의 실내 난방 장치의 하나. 나무틀에 화로를 넣고 그 위에 이불, 포대기 등을 씌운 것. 이 속에 손, 무릎, 발을 넣고 몸을 녹인다.

거나, 다른 집에 온 편지글을 하나하나 읽어보거나, 사진을 보거나 하며 시간을 보냈다. 식사 시간이 되면 밥을 먹고는 유유히 자기 집으로 돌아갔고, 절에 배달 가야 하는 날이면 절 부엌에 앉아 주지스님의 바둑 상대를 하며 해가 저무는 것도 잊을 정도로 시간을 보냈다.

이번에는 학교 이야기다. 학교는 가모자와(鴨澤)라고 불리는 작은 마을 변두리에 있었다. 소학교 과정만 있었고 학생은 60, 70명 정도였던 것 같다. 처음 다니던 학교만큼이나 후진 곳으로, 선생님은 난폭한 주정뱅이 남자였다.

학교는 고소데에서 한적한 산길로 1리* 정도 떨어진 곳이었는데, 겨울에는 엄청난 눈이 와서 남자아이 여자아이 할 것 없이 모두 대나무로 만든 나막신을 신고 수건으로 머리와 볼을 감싼 채 같은 길을 왕복해야 했다.

역시 최소한의 연필과 종이, 먹은 필요했다. 하지만 마을에는 현금이 없었다. 학용품이 필요하면 마을 아이들은 각자 집에서 만든 숯 가마니를 하나둘씩 등에 지고는 등굣길에 학교 주변 가게로 갔다. 그리고 필요할 때마다 아이들은 가마니 숯 가격만큼 학용품을 가지고 갔다. 물물교환인 셈이다.

여기서 나는 가장 중요한 점을 지적하고 싶다. 숯 가마니를 지고 1리나 되는 산길을 오가는 아이들이 대체 몇 살인가 하

---

* 일본의 1리(里)는 36정(町)으로 3.927km이다.

는 점이다. 그 아이들 가운데는 아홉 살 난 여자아이도 있었다. 나도 실제로 해보고 싶었다. 하지만 도시에서 태어난 나는 도저히 할 수가 없었다. 그보다 집에는 내가 이고 갈 숯 가마니가 없었다.

덧붙여 한 가지 더 이야기하고자 한다. 별것도 아닌 이야기인지도 모르겠지만, 도시에서 자란 나에게는 상상도 할 수 없었던 일인데, 그것은 마을에서는 변소에서 종이를 사용하지 않는다는 점이다. 마을 사람들은 변소에서 종이를 사용하는 것을 낭비라고 생각했다. 그들은 편지를 쓸 때에도 바래고 낡은 장지문 종이를 사용했다. 그렇다면 종이 대신 무엇을 사용했을까. 대나무 토막이나 나뭇가지를 젓가락 길이 정도로 잘라 변소 한구석 상자에 넣어두고 사용했다. 사용한 후의 나뭇가지는 별도의 상자에 담아두고, 다 쓰면 냇가에서 씻어 다시 사용했다. 이 이야기는 거짓말도 헛소리도 아닌, 사실이다.

어느 이른 봄날, 우리 집에 아이가 태어났다. 고바야시의 어머니는 크게 기뻐했다. 봄에 태어났기 때문에 하루코(春子)라고 이름을 짓고 잔치까지 했다.

대여섯 개의 숯 가마니를 실은 말이 5, 6리 떨어진 시내로 향했다. 다시 돌아온 말 등에는 숯 대신 쌀과 쪄서 말린 멸치, 옷가지 등이 소박하게 실려 있었다. 그것이 첫 손녀에 대한 선물이었다. 하루코는 튼튼하게 자랐다.

3월 말, 나는 또 종업식에 참석해야 했다. 언제나 굴욕적인 종업식에. 하지만 올해는 별다른 고통이 없었다. 왜냐하면 선생님은 무적자인 나에게도 다른 아이들과 똑같이 수료증을 주겠다고 했기 때문이다.

어머니는 종업식을 위해 궁한 가운데서도 목면 옷과 하오리*를 만들어주었다. 나도 그 옷을 입고 아이들과 함께 기쁜 마음으로 학교에 갔다.

형식만 겨우 갖춘 쓸쓸한 종업식이 시작되었다. 모두들 수료증을 받고 기뻐하였다. 그러나 선생님은 약속을 했음에도 불구하고 나에게는 수료증을 주지 않았다. 이제나저제나 마지막까지 차례를 기다리던 나는 결국 맥이 빠져버렸다.

종업식도 끝나고 모두 돌아갈 채비를 했다. 여전히 미련이 남아 단념하지 못한 나는 멍하니 서 있을 수밖에 없었다. 그러자 선생님이 다가와 수료증과 우수상장을 코앞에 내밀었다.

"네 수료증은 여기 있다. 상장도 있어. 받고 싶으면 어머니께 직접 오시라고 전해라."

종업식 전, 아이들의 집에서는 교사에게 무언가를 준비해서 보내는 것이 보통이었다. 제일 많이 보내는 것은 술이었다. 말하자면 술과 수료증을 교환하려는 것이 선생님의 생각이었다.

우리 집에서는 선생님에게 아무것도 보내지 않았다. 보내려

---

* 羽織. 일본식 겉옷

해도 보낼 물건이 없었다. 어머니가 눈치가 없었던 것도 있다.

선생님이 그렇게 말했을 땐, 정말 억울했다. 너무 분한 나머지 친구들과 헤어져 혼자 뒷길로 집에 갔다. 집에 도착하자마자 화롯가에서 마구 울었다. 보다 못한 어머니가 "걱정 마. 내가 술을 가지고 가서 수료증을 받아 올게." 하며 달랬다.

하지만 나는 도무지 그 모욕적인 순간을 잊을 수 없었다.

"됐어요. 됐어, 엄마."

나는 고집을 피웠다. 그리고 결국 학교를 무단으로 결석하고 말았다.

나는 슬펐다. 지금도 그때의 심정을 제대로 설명할 수 없다. 굳이 말하자면 떼쟁이가 울다 지친 나머지 울음을 그친 그런 상태였다.

그렇게 며칠을 보내던 어느 날, 뜻밖에도 어머니 친정에서 외삼촌이 찾아왔다.

외삼촌이 집을 어떻게 찾아냈는지, 나는 이미 알고 있었다. 그것은 내가 여기 와서 처음으로 맞은 설날에 어머니 대신 연하장을 보냈기 때문이다. 그때 어머니는 이렇게 말했다.

"이제 와서 데리러 와달라고는 할 수 없지만, 혹시 연하장을 읽고 와줄지 몰라."

그 후로도 가끔 어머니는 말했다.

"친정에 가면 좋은 소리는 못 듣겠지만 이렇게 가난하게 살지는 않아도 되는데. 그뿐이겠니. 네 외할머니와 외할아버지가 기뻐할지도 몰라."

　말하자면 어머니는, 연하장을 보내면 친정 식구들이 아버지에게 버려진 우리를 걱정하며 찾으러 와줄 거라고 믿었던 것이다.

　"누님, 계시냐?"

　외삼촌은 문턱을 넘자마자 말했다.

　"어서 와."

　어머니는 벌써 눈물을 뚝뚝 흘리고 있었다. 그리고 두 사람은 정말 반가운 듯 선 채로 이야기를 나누었다. 내가 들은 이야기는, 연하장을 받고 당장에 달려오려 했지만—어머니의 친정은 여기서 여자 발걸음으로도 이틀이 걸리지 않는 가까운 곳에 있었다—눈이 많이 쌓여 있는 바람에 세 번이나 실패하고 말았다, 눈이 녹을 때까지 기다렸다가 겨우 찾아왔다, 어머니를 친정으로 데리고 가려고 왔다는 것이었다.

　고바야시가 일터에서 돌아왔다. 곧장 이야기가 시작되었다. 고바야시의 가족과 친척들도 모여들었다.

　상당히 오래 이야기를 나눈 끝에, 어머니는 친정으로 가도 좋지만 젖먹이 아기를 어떻게 할 것인가 하는 난관에 봉착했다.

　고바야시의 노모는 어머니에게 따져 물었다.

　"일이 이렇게 될 줄 알았으면 진작 이야기를 하지 그랬냐? 그렇게 했으면 무슨 수라도 썼을 텐데……."

　무슨 수? 나는 그것이 무엇을 의미하는지, 처음에는 몰랐다. 하지만 점차 무슨 뜻인지 알 수 있었다.

어머니가 말했다.

"저도 알고는 있었지만…… 하지만 불쌍해서……."

어머니의 이 한마디에 나는 불현듯 어떤 사건이 떠올랐다. 그것은 옆 마을 여자와 어머니가 나누는 대화에서 엿들은 것이었다.

"큰 소리로 떠들 일은 아니지만, 그건 어렵잖게 해치울 수 있어." 하고 옆 마을 여자가 목소리를 죽이며 어머니에게 말하기 시작했다. "있잖아. ███████████████ 아이를 물끄러미 쳐다보고는, 아직이냐, 아직이냐 ███████████ ███████████████ 실제로 옆집 여자는 처녀 시절에 애비 없는 자식을 낳고, 집안 때문에 그 아이를 그렇게 몰래 어둠을 타서 묻었다니까."

가만히 듣고 있던 어머니의 낯은 흑색으로 변했고, 오히려 무언가 두려워하고 있는 듯했다. 그리고 마지막에는 "어쩜 불쌍하게도……." 하고 중얼거릴 뿐이었다.

하루코도 '어찌 되는 것은 아닐까?' 하고 마음속으로 걱정했지만 사나흘 옥신각신한 끝에, 하루코는 고바야시 집에 남겨두기로 결론이 났다.

하루코의 문제가 해결된 다음 날, 나는 어머니와 함께 외삼촌을 따라 길을 나섰다. 고바야시 본가의 막내딸 유키 상이 포대기에 잠든 하루코를 업고 마을 밖까지 배웅해주었다.

정 많은 유키 상은 때때로 눈시울을 붉혔다. 아무것도 모르는 하루코는 포대기에 업혀 잠들어 있을 뿐이었다. 편안한 듯이 새근새근.

이미 마을을 훨씬 벗어나 있었다. 하지만 우리는 쉽게 헤어질 수가 없었다. 산기슭을 따라 굽어진 길에 이르러서야 겨우 헤어졌다.

어머니의 발은 쉽사리 움직이지 않았다. 헤어진 후 네댓 걸음 걷다가 다시 뒤돌아갔다. 그리고 유키 상의 등에 잠든 하루코를 내려 흐느껴 울며 길 옆 제방 아래 잔디에 앉았다. 그리고 하루코를 깨워 억지로 젖을 물렸다. 어머니는 젖을 먹고 있는 아이의 얼굴을 쓰다듬고 볼을 비볐다. 옆에서 울며 서 있는 유키 상에게 "부탁할게, 유키 상. 부탁할게." 하며 지금까지 수없이 했던 말을 되풀이했다.

어머니는 언제까지나 아이 곁을 떠나려 하지 않았다. 그러나 저 멀리서 외삼촌이 큰 소리로 부르고 있었다. 어머니는 할 수 없이 일어나 유키 상의 등에 하루코를 업혀주었다. 흐르는 눈물은 멈추지 않았다.

어머니와 나는 두 걸음 걷다가 멈추고, 세 걸음 걷다가 또 멈추어 뒤를 돌아보았다. 유키 상은 길모퉁이에 그대로 서 있었다.

두세 정(町)* 가다가 길이 다시 굽어지는 자리에 서서 우리
는 또 뒤를 돌아보았다. 그때 유키 상의 모습은 짙은 아침 안
개에 싸여 뿌옇게 보였다. 하지만 선잠을 깬 하루코의 울음소
리만은 자신을 버리고 가는 어머니와 언니를 원망이라도 하듯
선명하게 들렸다. 울음은 아침 산의 고요함을 깨우고 있었다.
언제까지나, 언제까지나…….

　이것을 마지막으로 나는 하나밖에 없는 여동생 하루코와
이별했다. 완전히 헤어졌다. 그 후로 이래저래 십여 년이 흘렀
다. 하루코는 아직 살아 있을까. 아니면 벌써 죽었을까.

---

* 1정(町)은 약 100m

어머니의 친정

고소데를 떠난 지 이틀째 되는 날 정오 무렵, 우리는 어머니의 친정에서 약 1리 정도 떨어진 구보다이라(窪平)라는 곳에 도착했다. 여기서 외가까지는 얼마 걸리지 않았다. 하지만 어머니의 걸음은 무뎠다. 대낮에 친정으로 돌아가는 것이 부끄럽다는 것이었다. 그래서 외삼촌을 먼저 보내고, 우리는 잠시 이발소에 들러 얼굴을 다듬거나 외할머니께 드릴 선물을 사며 시간을 보냈다. 외가에 도착한 것은 날이 완전히 저문 시각이었다.

외할머니, 외할아버지는 물론 기뻐했다. 하지만 그 기쁨 가운데는 아픔도 묻어 있었을 것이다. 그런 심정은 우리도 마찬가지였다.

외할머니와 외할아버지는 이미 안방을 내주고 뒷방에서 조용한 생활을 보내고 있었고, 어머니의 셋째 여동생인 이모는 2

리 정도 떨어진 마을의 상인에게 시집간 상태였다. 작은 외삼촌은 출가하고, 큰 외삼촌—우리를 데리러 온 분—이 집안의 호주였으며 이미 두 살배기 아기가 있었다.

나는 외삼촌 집에 맡겨졌다. 그동안 어머니는 젊었을 적에 다녔던 제사장에서 일했다.

나는 적적함과 쓸쓸함에는 이미 익숙해져 있었다. 그래도 이번에는 마음만은 편했다. 안정되고 평온한 날들이 이어졌다.

하지만 아아, 참으로 불행하게도 어느 여름 밤, 단잠에 빠져 있던 나는 돌연히 외숙모가 깨우는 바람에 일어났다. 잠이 덜 깬 눈을 비비며 외숙모를 따라가자 생각지도 못한 어머니가 와 있었다. 오비를 푼 채로 부엌 한쪽에서 밥을 먹고 있었다.

어머니는 나를 위해 모슬린 홑옷과 종이를 사 왔다. 당연히 나는 기쁘지 않았다. "이번에도 일을 관두고 돌아온 걸까." 하며 마음속으로 불안불안했다. 집안에 딱히 별일이 있었던 것도 아니다. 멀리 떨어진 마을에 일하러 간 어머니가 이 시간에 왜 온 걸까. 나는 알 수 없었다. 하지만 어머니에게도 외삼촌에게도 외숙모에게도 그 누구에게도 물어보지 못하고 또다시 잠에 들었다.

그 이유가 곧 밝혀졌다.

어머니는 "아버지 위독하니 급히 귀가 바람"이라는 전보를 받고 달려온 것이었다. 하지만 외할아버지는 아프기는커녕 팔팔했다.

그 다음 날, 위독하다고 알려진 외할아버지도 자리를 같이한 가운데 외할머니, 외삼촌 내외, 어머니가 모여 중요한 이야기를 시작하는 듯했다. 나는 밖에서 놀다 오라는 말을 들었지만 나가지 않고 어른들 곁에 있었다.

"아이가 셋 있는데, 모두 장성해서 특별히 손 가는 일은 없을 거야."

외할아버지가 이야기하자 외할머니는 "사는 것도 편하다 하고, 무엇보다 시골이 아니라 시내야. 그동안 여기저기 전전하던 너에게는 딱 맞는 자리다." 하고 말을 이었다.

들자 하니, 엔잔역 근처에서 잡화점을 경영하는, 꽤 살 만한 집에서 어머니를 후처로 들이고 싶다는 이야기였다.

어머니가 그곳으로 가게 되면 어쩌지……. 나는 불안해하며 가만히 어머니 얼굴을 쳐다보았다. 그러나 어머니는 나 따위는 안중에도 없는 듯, "그건 그렇군요." 하고 답하며 무언가를 곰곰이 생각하는 듯했지만, 주위에서 연신 부추기자 "그럼 그렇게 할까? 가서 힘들면 무리하게 고생하며 살 것은 없고. 그때는 이 아이가 있으니까." 하고 말했다.

나는 깜짝 놀라 나동그라졌다. 불안함이 가슴에서 치밀고 올라왔다.

"어머니, 제발 부탁이니 가지 말아주세요. 가지 마요……."

어머니의 목을 붙잡고 울며 호소했다.

"너에게는 정말 미안하지만." 하고 어머니가 말했다.

어머니가 시집을 가도 그곳은 여기서 멀지 않으니까 언제든지 만날 수 있다, 너에게도 시내에 갈 기회가 많이 생길 테니 오히려 좋은 기회다, 이런저런 이유를 달며 외할머니와 외할아버지는 나를 달래려 했다. 결국 어머니는 시집을 가게 되었다.

그렇다. 어머니는 결국 시집을 가버렸다. 자신의 행복을 위해 나를 남겨두고. 예전에 아버지가 우리를 버렸던 것처럼…….

나는 앞에서 우리를 버리고 간 아버지가 홀연히 찾아와 고무공을 사준 것을 이야기 한 바 있다. 그때 얼마나 아버지가 그리웠는지. 하지만 나를 꼭 데리러 오겠다는 약속은 지켜지지 않았다. 나는 이미 아버지를, 아버지의 사랑을 포기한 상태였다. 단 한 사람, 어머니만을 믿고 의지해왔다. 하지만 이번에는 어머니마저 나를 버리고 간다. 나는 어머니가 나를 유곽의 기생으로 팔려 한 사실을 떠올리지 않을 수 없었다. 그때 어머니는 나의 행복을 위한 일이라고 했지만, 그것은 거짓말이었는지도 모른다. 어머니는 그저 고달픈 생활에서 벗어나기 위해 나를 팔아버리려고 한 것이 틀림없다.

아아, 할 수만 있다면 나는 큰 소리로 세상에 소리치고 싶다. 특히 세상의 부모들에게 일갈해주고 싶다.

"당신들은 진정으로 아이를 사랑하는가. 당신들의 사랑은 모성애가 남아 있는 동안에만 유효할 뿐, 나머지는 자신들의 이익을 위해서 아이를 사랑하는 척 위장하고 있는 것은 아닌가." 하고. 그리고 "우리 어머니와 같이 진실로 아이를 사랑하는 것이 아니라, 자신의 행복을 위해 아이를 버리고 만약 힘들어지면 그때는 아이에게 의지하려는 뻔뻔함을 지니고 있는 것은 아닌가." 하고.

나도 모르게 감정적으로 말한 듯하다. 하지만 이것은 그 당시, 그리고 그 후로 계속된 나의 절망적인 심정에서 나온 표현이므로 이해해주었으면 한다.

어머니는 가버렸다. 나는 외삼촌 집에서 소학교를 다녔다.

나는 이미 학교에도 흥미를 잃어버렸다. 그리고 여기서도 따돌림 받기 일쑤였다. 체조시간에는 나보다 키가 작은 아이가 몇 명이나 있는데도 "너는 저리 가"라는 듯, 제일 뒷줄에 혼자 서야 했다. 학생 수가 짝수 번호인 경우에는 그나마 나았다. 그렇지 않을 때는 혼자서 뒤를 따라가야 했다. 학급 성적은 내가 제일 좋았는데도—서예와 그림은 아니었지만—모두가 받는 통지표조차 받을 수 없었다.

여름이 지나고 제법 시원해졌을 무렵, 어머니는 제일 어린 의붓자식을 데리고 친정에 왔다. 그렇게 원망했던 어머니였지만, 역시 어머니를 그리워했던 모양이다. 어머니가 나에게 시집간 집에 같이 가자고 했을 때, 나는 한사코 싫다고 했다. 어머니가 끈질기게 이야기하는 탓에 도리 없이 같이 가기는 했다.

어머니의 집은 식료품과 잡화, 문방구 등을 파는 가게였다. 나는 그곳 아이들과 쉽게 친해졌다. 하지만 어머니 남편 되는 사람과는 도저히 친해질 수 없었다. 이틀 정도 묵고 나니 돌아가고 싶어져 죽을 지경이었다.

"벌써 가려고?"

어머니의 표정은 쓸쓸한 듯했다. 어머니는 여러 구실을 만들어 나를 붙잡으려 했지만, 나는 집에 가고 싶다고 고집을 피웠다.

결국 어머니가 단념했다. 경대를 마루로 가져와 내 머리를 빗겨주었다. 장롱 맨 위 서랍에서 비단 조각으로 만든 주머니와 끈을 꺼내 나에게 내밀었다.

"요전에 보니 장롱 속에 이런 게 있잖아. 아무도 모르게 너에게 주려고 숨겨두었어."

그리고 가게에서 통조림 세 개와 흰 설탕 한 봉지, 빨간 가죽 줄이 달린 삼실 짚신 한 켤레를 재빨리 보자기에 싸서는 소맷자락에 숨기듯 하며 나를 데리고 가게에서 나왔다. 동구 밖에 있는 대나무 숲 옆 물레방아까지 나를 배웅하며 어머니는 보자기를 나의 등에 매주었다. 그리고 근처 과자가게에서 막과자를 사주었다.

"먹으면서 가렴. 길을 잘못 들면 안 돼. 집에 가면 상황을 보고 또 들르겠다고 전해줘."

어머니는 금방이라도 눈물을 흘릴 듯이 말했다. 나도 왠지 울고 싶은 심정이었다. 고개를 푹 숙인 나는 그저 고개만 끄덕거렸다. 그렇다. 틀림없이 나는 울고 싶었다. 하지만 무언가가 내 눈물을 틀어막고 있었다.

나는 그때부터 어두운 성격을 가지게 되었던 것 같다.

집으로 돌아온 나는 다시 학교를 다니기 시작했다. 아무리 따돌림을 당해도 학교가 그리 싫지만은 않았다. 학교에 다니는 것, 그것이 나의 유일한 즐거움이기도 했다.

이윽고 겨울이 다가올 무렵이 되었다. 조선에서 아버지 쪽 할머니, 그러니까 친할머니가 나를 찾아왔다.

할머니는 외할머니와 같은 나이로 이미 쉰대여섯 살가량이었다. 하지만 외할머니보다 건강한 듯했고 혈색도 좋았다. 무엇보다 복장이 달랐다. 할머니는 고급 명주 천으로 만든 코트를 입고 있었는데, 그 옷차림은 마치 부잣집 사모님 같았다. 시골 농부들과는 비교가 되지 않았고, 그 때문인지 나이보다 훨씬 젊어 보였다.

용건은 나를 조선으로 데려가 키우고 싶다는 것이었다. 거기에는 이유가 있었다.

조선에는 할머니와 아버지 바로 밑 여동생, 즉 고모가 살고 있었는데, 고모에게는 아이가 없었다. 내가 서너 살일 무렵, 만약 고모에게 아이가 계속 생기지 않는다면, 나를 데려가 키우기로 되어 있었다고 한다. 하지만 어머니와 아버지가 그런 모양으로 헤어지는 바람에 아버지 집에서는 어머니의 행방을 알지 못해 손을 쓰지 못하고 있었는데, 어머니가 친정에 돌아온 것을 계기로 이야기가 다시 전개된 것이었다.

할머니 쪽은 아버지가 아무리 이모와 함께 살고 있다고 해도, 아버지와 어머니가 그렇게 되어버린 것에 일말의 책임은 느끼고 있었고, 무엇보다 조선에 살고 있는 고모는 더 이상 아이를 가질 수 없게 되었기 때문에 불쌍한 나를 데려가 키우는 것이 좋다고 생각했으며, 또한 내가 지금 살고 있는 외할머니 쪽에서는 어머니가 이번에는 시집가서 잘 살고 있고, 부자 할머니를 만나면 나도 잘 지낼 수 있을 거라고 생각했기 때문에 결론은 빨리 내려졌다.

조선에서 온 할머니는 나를 위해 예쁜 옷도 가져왔다. 35엔이나 할 것 같은 정장용 오비, 지금까지 보지도 못한 비단옷, 코트, 숄, 나막신, 리본 등등. 할머니의 이야기로는 이 외에도 많은 물건이 있지만, 짐이 되기 때문에 놓고 왔다는 것이었다.

할머니의 집안 사정상, 나를 무적자인 채로 입양할 수는 없기 때문에 나는 외할머니의 다섯째 딸로 호적에 오르게 되었고, 할머니를 따라 조선으로 가게 되었다.

정말이지 너무나도 화려한 옷가지들이었다. 조금 과장되게 말하자면, 나는 그런 옷들을 본 적이 없었다. 나는 그 옷들을 입었다. 형용할 수 없는 수치심과 기쁨이 하나가 되었다. 나는 소매와 오비를 몇 번이고 몇 번이고 바라보았다.

"자, 좀 있으면 조선으로 갈 테니까 그 예쁜 옷을 입고 주위에 인사를 다녀오너라."

주변 사람들의 말에 따라 나는 이모와 함께 학교와 이웃에 인사를 하러 갔다. 나는 비단옷과 오비, 커다란 리본으로 치장했다. 이웃 여자아이들은 옷을 보여 달라며 몰래 우리 집 뒷문으로 모여들었다. 그러고는

"후미는 정말 좋겠다……." 하면서, 이는 그동안 내가 고생한 대가라고 입을 모았다. 어머니도 물론 와주었다. 그리고 모두처럼 기뻐해주었다.

"지금 이 모습을 사진으로 남기면 좋을 텐데. 그렇지 않아요?" 외숙모가 이야기하자, "그러게, 근처에 사진관이 있으면 좋으련만." 하고 어머니가 답했다.

"사진이라면 우리 집에 가서 찍어서 보내줄게."

할머니는 모두가 놀라는 모습을 즐기기라도 하듯 이야기하며, "우리 집에는 한 달에 한두 번은 사진사가 온답니다. 가거든 곧 보내드리지요."라고 덧붙였다.

"꼭 부탁드릴게요."

모두가 한 목소리로 이야기하자 신이 난 할머니는 "하지만 만나지 못하는 것도 잠시뿐일 거예요. 소학교를 졸업하면 바로 여학교에도 보낼 거고, 공부를 잘해 여자대학에 진학하게 되면 역시 도쿄로 가야 하니까 그때는 언제든지 만날 수 있을 거예요." 하며 더욱 커다란 희망을 안겨주는 이야기를 늘어놓았다.

아니, 그것뿐만이 아니다. 나를 데리고 간다면 결코 부족함이 없도록 필요한 것은 물론 장난감도 마음껏 살 수 있도록 할 테니 염려 말라는 말까지 했다.

모두들 눈물을 흘리며 기뻐한 것은 새삼 말할 필요도 없을 것이다. 물론 나도 행복했다.

연일 내리던 비가 그치고 하늘이 쾌청하게 개어 쌀쌀함마저 느껴지던 어느 아침, 모두가 배웅하는 가운데, 모두가 축복하는 가운데, 나는 할머니와 함께 여정을 시작하였다.

2부

조선

새로운 집

드디어 조선에 도착했다. 나의 행복을 기다리는, 희망의 빛에 가득 찬 조선에 도착한 것이다.

그러나 조선은 과연 나에게 약속된 행복을 주었을까? 그것은 앞으로 내가 할 이야기를 들으면 자연히 알 수 있겠지만, 먼저 나는 조선으로 가는 동안 느낀 점에 대해 잠시 언급하고자 한다. 이 부분을 설명하지 않으면 아마 독자들은 너무나도 급작스러운 변화에 판단이 흐려질지도 모르니까…….

그렇다면 내가 조선으로 갈 때 느낀 점이란?

그것은 한 마디로 요약할 수 있다. 내가 할머니에게 기대하던 것—손녀에 대한 할머니의 사랑—을 거의 받지 못했다는 약간의 실망과, 할머니 또한 나에게 기대하던 것을 거의 발견하지 못했을 것이라는 나의 불안, 이 두 가지이다. 그러나 나

는 고작 이것만으로 희망을 버리지는 않았다. 나는 나를 기다
리는 행운의 여신을 꼭 부여잡고 있어야만 했다.

마침내 조선에 도착했다. 내가 살게 될 집에도 도착했다.
그곳은 충청북도 부강이라는 곳으로 이와시타(岩下) 가문이
었다.

이와시타? 아마 독자들은 여기서 의문을 가지게 될 것이다.
아버지의 성은 사에키인데 할머니의 집은 왜 이와시타인지. 먼
저 여기에 대해 이야기해두자.

할머니는 열대여섯 살에 히로시마에서 결혼했다. 할머니
가 스물일곱 살이 되었을 때 할아버지는 아홉 살 난 아이를
시작으로 네 명의 자식을 남기고 돌아가셨다. 이어 두 명의
아이가 죽었다. 설상가상 장남—우리 아버지—은 집을 나
가버려 집에는 여자아이 하나, 즉 고모만이 남게 되었다. 고
모는 히로시마에서 여학교를 졸업한 후 곧 해군군인으로부
터 청혼을 받았지만 할머니가 허락하지 않아 성사되지 않았
다. 이후 면식이 없었던 한 관리(이와시타)가 고모에게 청혼
을 하였고 할머니도 '이 남자라면 괜찮겠다'고 여겨 대번에
혼인이 성립되었다. 장남인 우리 아버지가 없는데도 불구하
고 그 남자를 양자가 아닌 정식 사위로 맞아 고모를 줘버렸
다. 법률적으로 고모는 이 남자에게 시집간 것이었다. 할머
니는 혼자 사는 몸이었고, 게다가 사위도 마음에 들었기 때
문에 딸 부부와 한집에 살게 되었다. 하지만 법률상 고모는

이와시타의 아내였기 때문에 남편의 성인 이와시타가 할머니와 아버지의 성 사에키를 대신하여 집안을 대표하게 된 것이다. 이런 연유로 내가 정착한 새로운 집은 이와시타 가문이었다.

부강

이와시타 일가가 사는 곳이 부강이었다는 것은 앞에서도 이야기했다. 부강은 어떠한 곳이었을까?

부강은 경부연선(京釜沿線)에 있는 작은 마을이다.*

조선인과 일본인이 섞여 사는 곳으로, 조선인들은 꽤나 많았지만 일본인은 겨우 40가구에 지나지 않았다. 하지만 이곳의 조선인과 일본인은 전혀 융화되지 않은 채 각각 지자체를 따로 가지고 있었다. 조선인들에게는 '면사무소'라는 것이 있어, 면장이 조선인에 관한 업무를 일괄 관리하였고, 일본인들에게는 일본에서 말하는 소위 '관공서' 같은 사무실이 있어, 촌장격인 관리자 한 사람이 일본인에 관한 업무 일체를 담당하였다.

---

* 부강은 현 세종특별자치시 부강면에 있는 지역으로, 1916년 2월에 부강—대전 간 철도 노선이 개량되었다.

일본인 마을이 어떻게 구성되어 있었는지 잠시 살펴보면, 여관, 잡화점, 문방구점, 이발소, 모종가게, 게다가게, 과자가게, 목공소 등을 운영하는 사람들이 각각 한 가구씩, 의사, 우체국 직원, 소학교 교사와 같은 사람들이 각각 한 가구씩, 헌병 다섯 가구, 농부 세 가구, 매춘부 두 가구, 역장 및 역원 네 가구, 철도 직원 서너 가구, 그리고 조선인을 대상으로 고리대금업을 하는 자가 예닐곱 가구, 해산물 중개업자가 두 가구, 담배와 막과자 소매점 두세 가구, 대략 이렇게 구성되어 있었다.

그렇다면 이 작은 일본인 마을 내의 모습은 어떠했을까. 이들은 모두 금전적 이익 때문에 모인 자들이었기 때문에 공동체 의식으로 연결되어 있지는 않았다. 마을을 지배하는 정신과 힘은 모두 경제력이었다. 돈이 있는 자는 자연히 세력을 가질 수 있었고, 마을의 행정—이라고 하면 조금 과장된 것일지 모르지만—에도 위세를 부릴 수 있었다. 즉, 돈이 있어 빈둥빈둥 놀고 지내며, 도시에서는 약간 유행이 지난 옷을 입고 있는, 그런 계급들이 으스대고 있었다.

그 가운데서도 가장 힘이 있는 자는 단순히 돈만이 아니라 얼마간의 논과 밭을 가지고 조선에 생활의 뿌리를 내린 자였다.—그런 사람들 가운데는 고리대금업자가 가장 많았다—그 다음은 헌병, 역장, 의사, 교사 등이 힘이 있었다. 이들의 부인들은 '오쿠상(사모님)'이라는 경칭으로 불렸지만, 그 외에 상인들이나 농부, 인부들의 아내는 죄다 '오카미상(여편네)'으로 불렸다.

마을은 그야말로 두 개의 계급으로 나뉘어 있었다고 보아도 무방하다. 이 두 계급은 물과 기름처럼 명확하게 구분되어 있었고, 여간해서는 서로 왕래하는 일이 없었다. 제사를 지낼 때에도, 잔치를 할 때에도 초대하고 초대받는 범위는 정해져 있었다.

같은 계급 내에서는 단오나 칠석날에 경단을, 정월에는 떡을 주고받거나 하였다. 그러나 그것은 혈연으로 구성된 마을에서 이루어지는 것같이 진심에서 우러나온 것이 아니라, 체면상 어쩔 수 없이 주고받는 것이었다. 다른 집에서 받은 만큼, 또는 그만큼의 가격에 해당하는 것을 되돌려주는 식이었고, 속으로는 까다롭게 계산하면서도 겉으로는 격이 있어 보이도록 화려한 물건을 주고받는 것이 보통이었다. 마을의 전체적인 분위기는 화려하고 허영에 넘쳤으며 잔칫날이나 장례식에는 가능한 눈에 띄도록 야단스럽게 치장하는 것이 여자들의 특징이었다.

지금 말한 대로 부강은 작은 마을이었지만, 여하튼 본선(경부선—역자)의 정차장이 있었기 때문에 때때로 그곳을 통과하는 명사나 고관들의 송영을 위해 소학교 학생들과 헌병들은 물론이고 마을 유지들, 심지어는 여자들도 달려나와 플랫폼에 정렬하는 것이 거의 의무화되어 있었다. 그럴 때에는 양복에 '적십자사원'이라는 견장을 두른다든지 비단옷에 '애국부인회'

라는 휘장을 걸친다든지, 우습기는 하지만 '청주·부강 간 도로개통기념' 배지와 같이 구리동전으로 착각할 만한 것까지 달고 참가했다. 대개 명사, 고관들이 어느 차량에 탑승한지도 모르게 기차가 지나갔지만, 아주 가끔, 열 번에 한 번 정도는 1분간 정차하는 일도 있었다. 그때에는 정장 차림의 관리자가 송영에 참가한 유지들의 명함을 붉은 비단 천을 깐 쟁반에 담아 황송한 듯 기차 창문으로 건네기도 했다.

그리고 마을에서는 조금이라도 무슨 일이 있으면 제등행렬이나 가장행렬을 하곤 했다. 때로는 돈대* 공터에 오두막을 지어 뛰어 놀고 춤추며 악기를 연주하고 노래를 부르기도 했다. 그리고 연극이나 희극(교겐)의 흉내를 내기도 했다.

이는 실로 새로 개척한 식민지의 풍속이자 습관이었다. 남녀 모두 이러한 유희로 얼마간은 단조로운 일상에서 벗어나 즐길 수 있었던 것이다. 그러나 물론 이것은 제1계급에 속하는 자들의 행사로, 제2계급자들은 멍하니 바라볼 수밖에 없었다.

---

* 墩臺. 평지보다 높직하게 두드러진 평평한 땅

이와시타 가문

　우리 고모 집—이와시타 가문—은 대략 이러한 분위기 속에 있었고, 그 가운데서도 가장 유력한 편이었다. 그리 넓지는 않았지만, 얼마간의 산림과 조선인들이 소작하는 논과 밭을 가지고 있었고, 그로부터 얻는 수입으로는 조선인을 상대로 고리대금업을 하였다.

　집은 선로 북측 구릉에 있었다.

　남측에 사는 사람들은 자기 동네가 중심이라며 북측을 서민 동네라고 말했지만, 북측에 사는 사람들은 그 반대로 말했다. 서로 자신이 사는 동네에 자부심을 가지고 있었던 셈이다.

　고모 집은 구릉의 주택지 가운데서도 가장 높은 곳에 있었다. 직사각형의 낮은 초가집 두 동에는 다다미 네 장 정도의 온돌방이 각각 2개씩 있었다. 집 자체는 초라했지만, 부지는 넓었다. 집 뒤에는 곳간이 두 동, 뜰 앞에 있는 밭 옆에는 쌀 창고가 한 동 있었고 뜰에는 채소와 과실나무가 자라고 있었다.

고모부는 나가노(長野)에서 태어난 사람으로 과묵하고 온화했다. 예전에는 철도 보조선 주임으로 일했지만 기차 전복 사고로 사상자가 나와 그 책임을 지고 사직했다고 한다. 이후로는 시골에 묻혀 편안한 생활을 하고 있었다. 취미라고는 화초 손질과 요쿄쿠*를 흥얼거리는 정도로, 지극히 평범한 남자였다. 고모는 고모부와 열 살이나 차이가 났다. 키가 크고 품위가 있으며 영리한, 게다가 야무진 사람이었다. 시원시원한 성격은 남성적인 편이라고도 할 수 있다. 가루타**를 좋아하여, 정월에는 물론 다른 때에도 같은 계급 사람들을 자주 집으로 불러 모았다. 그 외에도 고토***와 춤을 즐겼으며, 봄에는 들에 나가 고사리를 따고 가을에는 버섯을 따는 등 부르주아 사모님이 가질 법한 취미들을 즐기고 있었다.

이웃 사람들은 할머니를 '뒷방 늙은이'라고 했지만, 실제로 할머니는 그냥 늙은이가 아니라 고모 집 전체를 휘어잡고 있었다.

---

* 노가쿠(能樂, 일본의 가면 음악극)의 대본
** 트럼프. 카드
*** 거문고

조선 생활

1

어머니와 외할머니, 외숙모, 마을 사람들은 앞으로의 나의 행복을 기원하며 배웅해주었다. 나 또한 갖가지 기분 좋은 꿈을 가슴에 그리며 여기 조선에 왔다.

하지만 도착한 직후부터 내가 발을 내딛은 이곳 생활이 그리 수월하지 않으리라 직감했다.

할머니의 말을 믿고 따라온 나였지만 비단 기모노와 오비까지는 바라지도 않았다. 그래도 보통의 여자아이들과 같은 옷차림 정도는 기대했다. 원하는 대로 사주겠다던 장난감은 그다지 갖고 싶지 않았지만 좋아하는 책 정도는 얼마든지 사주리라 생각했다. 그리고 또 부모 없는 나에게 아버지, 어머니가 되어 나를 사랑해줄 사람들이 있을 것으로 예상했다. 하지만 나는 그 어느 하나 가질 수가 없었다.

물론 다소 실망은 했다. 하지만 그 정도 일에는 이미 어렸을 때부터 익숙해 있던 터라 큰 고통으로 느끼지 않았다. 단지 할머니 집에 와서 얼마 지나지 않아, 뭐라 말할 수 없는 적적함이 엄습했던 것만은 기억하고 있다.

어느 날, 누군지 모르지만, 처음 보는 한 여자가 와서 나를 보더니 그냥 인사치레로 "참 착한 아이구나." 하고 말을 건넸다. 그러자 할머니는 반가운 기색도 하지 않고 지극히 무심하게 "그냥 좀 아는 집 아인데, 여하튼 지독하게 가난한 집 아이라 예의도 모르고 말도 천박해요. 얼굴이 붉어지는 일이 한두 번도 아니지만 너무 불쌍해서 그냥 데려온 거랍니다." 하고 답했다.

가난한 집의 아이, 그런 말은 괜찮다. 어린 나였지만, 지금까지 정말이지 지독하게 가난한 생활을 해왔기 때문에 나는 내가 얼마나 불쌍하고 가난한 아이인지는 잘 알고 있었다. 하지만, 하지만 할머니는 왜 나를, 그것도 장남의 딸을 내 손녀라고 말하지 않았을까. 지금처럼 명확히 설명을 할 수 없지만, 당시 나는 왠지 모를 외로움과 쓸쓸함을 느꼈다.

이런 일은 한 번에 그치지 않고 계속되었다. 할머니는 항상 누구에게나 그렇게 나를 소개했다. 아니, 그뿐만이 아니다. 혹시 다른 사람이 물으면 그렇게 답하라고 나에게 주의까지 주었다. 그리고 목소리를 죽이며 아주 그럴싸하게 덧붙였다.

"너는 아직 모르겠지만, 너랑 우리랑은 호적상 아직 남남이야. 만약 이 사실이 알려지면 너와 네 어머니는 붉은 옷을 입게 될 테야."

그것이 무엇을 의미하는지 나는 이해할 수 없었다. 하지만 붉은 옷의 의미는 알았다. 할머니의 말을 다 이해하지는 못해도 나는 그 말이 너무 무서웠다. 그래서 나는 조선에서 햇수로 7년이나 살았지만, 어느 누구에게 단 한 번도 이 사실을 말한 적이 없다.

생각건대, 매우 어려운 환경 속에 자란 나는 성격이 비뚤어지고 말씨도 곱지 않았기 때문에 할머니는 나를 좋은 집안의 양녀로 들이기에는 어울리지 않는, 집안을 욕 먹이는 아이라고 여겼던 것 같다. 그러나 어린 내가 할머니의 마음을 알 리 없었다. 나는 여전히 고모의 자식이 되었다고 굳게 믿고 있었다.

2

조선에 도착한 지 열흘이 채 지나지 않아, 나는 마을의 소학교에 다니기 시작했다.

학교는 마을 가운데 있었고 초가집 지붕의 단층집이었다. 교실 한 쪽의 장지문을 열면 두세 마지기 밭 너머로 시장에 모인 사람들과 당나귀, 소, 돼지 등이 보였다.

학교는 촌립(村立) 소학교였고 아이들은 서른 명이 채 되지 않았다. 선생님은 예순이 넘은 꼿꼿한 노인으로, 의사 사촌을 둔 덕에 가르치고 있을 뿐이었다. 내가 입학했을 때에는 공교롭게도 3학년 반이 없어서 4학년 반에서 공부했다. 맥주 상자를 책상 삼은 서당에서 1학년 공부를 보름씩 띄엄띄엄 4번— 그러니까 반년도 되지 않을 정도로 했고, 2학년을 5개월, 3학년을 4개월 남짓 공부한 내가 아홉 살이 되어 4학년이 되었다. 무리한 일임에는 틀림없었지만, 나는 오히려 즐거웠다. 특히, "잘 들어, 후미. 가네코라는 이름을 가진 가난한 아이라면 상관없지만, 적어도 지금부터 너는 이와시타 가문의 아이야. 이와시타라는 이름으로 학교에 가는 거야. 그러니까 똑똑히 공부해야 한다. 농부 자식에게 지거나 부끄러운 일을 하면 이름을 뺏어버릴 거야." 이런 말을 들었을 때는 정말 기뻤다. 그뿐 아니라 역시 나는 이와시타 가문의 아이구나, 하는 생각으로 마음이 환해졌다. 실제로 아이들은 나를 이와시타라고 불렀다. 학년말 시험에서는 고모 덕분으로 우수상을 받았고 수업증서에는 당당하게 이와시타 후미코라는 이름이 새겨져 있었다.

그러나 5학년이 되어서는 성적 통지표에 언제부턴가 가네코 후미코라는 이름으로 바뀌어 있었고, 수업증서 역시 가네코 후미코로 되어 있었다.

겨우 반년밖에 지나지 않았는데, 나는 벌써 이와시타라는 성을 가질 자격을 빼앗긴 것인가? 나는 농부의 자식에게도 뒤지지 않았다. 이와시타라는 이름에 욕을 먹인 일도 없다. 그런데도 나는 이미 이와시타의 아이가 아닌 것이다.

어떻게 된 일일까.

지금도 그 이유를 모르겠다. 다만 다음과 같은 추측을 할 뿐이다.

내가 학교를 다니기 시작했을 때 고모 식구들은 나에게 뜰에 있는 빈 방 하나를 공부방으로 주었다. 그리고 학교에서 돌아오면 곧장 공부방에 들어가 한 시간씩 복습을 시켰다.

스스로 이런 말을 하는 것은 좀 이상하지만, 나는 그럴 필요가 없었다. 아무튼 나는 어떻게 습득했는지, 소학교 2학년 때에는 6학년 책을, 3학년 때에는 고등 2학년 도덕책을 아무런 어려움 없이 읽을 수 있었다. 수학의 경우, 소학교 전 과정 중에 단 한 번도 머리를 싸매고 고민한 적이 없을 정도로 성적이 좋았고, 열한두 살 때에는 네 자릿수와 네 자릿수 곱셈을 암산할 수 있을 정도였다. 노래도 선생님이 네댓 번 불러주면 이후에는 완전히 외울 수 있었다. 잘 못하는 과목은 서예와 그림 같은 기교적인 과목이었다. 복습이나 예습을 할 필요가 전혀 없었던 것이다.

그래서 나는 공부방에 들어가자마자 가방을 내려놓고 고모가 주는 전병을 아작아작 씹어 먹으며 할머니가 부르기만을 이제나저제나 기다리고 있었다.

어느 날, 나는 너무 무료해서 방에서 뛰쳐나와 할머니에게 어리광 부리듯이 부탁해보았다.

"저는 복습 같은 거 안 해도 잘해요, 할머니."

그러면 할머니는 화가 나는 듯 말했다.

"가네코 이름을 사용하던 가난한 때와는 다르단 말이야. 단 정하지 못하고 야무지지 못한 행동은 용서 못해."

나를 이해해주지 못하는 것이 몹시 슬펐다. 용기를 내 한 번 더 호소했다.

"그렇지만 저는 일부러 복습하지 않아도 잘 읽을 수 있는걸 요. 저는 더 어렵고 더 재미있는 책을 읽고 싶어요."

물론 내 부탁은 거절당했다.

"건방지게. 책은 교과서로 충분해."

이것은 할머니의 절대적인 명령이었다. 그리고 나는 그걸 지켜야만 했다. 처음에는 체념하고 복습을 해보기도 했지만, 아무래도 시시해서 견딜 수 없었다. 결국 나는 인형을 만들거 나 공놀이를 했다. 이왕 놀 바엔 밖에서 놀고 싶었다. 어차피 꾸지람 받을 게 틀림없기에 복습하는 것처럼 책과 공책을 펴 놓고 몰래 놀았다. 하지만 할머니도 눈치를 챈 모양이었다. 때 때로 할머니는 몰래 공부방에 와서 갑자기 문을 열기도 했다. 그럴 때면 대개 나는 놀고 있었고, 또 심하게 혼났다.

그런 일이 네댓 번 이어졌다. 결국 나는 공부할 시간마저 빼 앗겨버렸다. 이 일은 지금까지 내가 한 실수 중 가장 큰 실수 였고, 내가 이와시타 가문의 아이가 될 자격이 없다는 최초, 최

대의 이유를 할머니에게 준 계기가 되었다고 생각한다.

3

서예, 그림, 재봉 등 기교적인 과목은 나와 전혀 맞지 않았다.

내가 특별히 그런 과목들을 싫어한 것은 아니다. 또 태생적으로 소질이 없다고 생각하지도 않는다. 지금 생각해보면, 요코하마에서 다니던 학교 이래, 나는 변변한 붓이나 종이, 연필을 가져본 적이 없는 데다가 제대로 학교를 다니지 못한 탓에 그러한 과목에 익숙해질 만한 시간을 가지지 못했을 뿐이다. 나는 조선에 와서 처음으로 이에 대해 자각하게 되었다.

조선에 온 나는 내 글씨가 지저분하다는 걸 느끼고 열심히 연습하려 했다. 하지만 고모네 식구들은 가장 필요한 종이조차 충분히 주지 않았다.

"오늘은 서예를 하는 날인데요." 하고 이야기하면 고모는 겨우 반지(半紙) 두 장을 줄 뿐이었다. 그 두 장조차도 남의 집에 선물을 보낼 때 포장하기 위해 간수해둔 것이라, 접힌 자국이 있거나 주름이 잡혀 있었다. 나는 그다지 신경질적이거나 꼼꼼한 성격은 아니었지만, 이런 종이에 정성 들여 글씨를 쓸 기분은 나지 않았다. 게다가 그 두 장을 잘못 쓰고 나면 더 이상 글을 쓰지 못하기 때문에 그것을 구실 삼아 고학년 때부터 졸업할 때까지 세 번에 한 번 정도만 정서하여 제출했다. 그런 탓인지 아닌지, 지금도 내 글씨는 지저분하고 붓과는 거리가 멀다.

그림에 관해서는 잊지 못할 기억이 있다.

5학년에 올라갔을 때, 우리는 물감을 사용하게 되었다. 나도 준비해야 했지만, 아무리 필요한 물건이라도 사주지 않는다는 걸 잘 알고 있었기에 물감을 사 달라는 말도 쉽게 나오지 않았다. 어렵게 입을 열어 물감이 필요하다고 말했더니 고모부가 "미술책을 가져와 봐." 하고 말했다.

내가 미술책을 가져오자 고모부는 책을 잠시 살펴보고는, "음, 이 정도라면 이걸로 충분해." 하며 자신이 쓰던 물감 통에서 낡아빠진 물감 세 개(빨강, 파랑, 노랑)와 붓 두 자루를 주었다.

고모부가 준 물감은 금세 없어졌다. 마침 당시의 마을 학용품 가게에서는 묵처럼 갈아서 쓰는 물감을 팔고 있었다. 발색이 좋았고, 무엇보다 신제품이었기 때문에 모두 그 제품을 썼다. 나도 갖고 싶었다. 몹시 고민하다가 크게 마음을 먹고 부탁해보기로 했다. 겨우 12전 하는 물감을 갖기 위해.

"필요하다면 사줘야지."

고모부가 말했다. 고모도 찬성했다. 하지만 할머니만큼은 허락하지 않았다.

"너 말이야."

할머니는 들고 있던 젓가락을 놓고 쏘아보며 말했다.

"설마 잊지는 않았겠지. 너는 무적자야. 무적이란 건 말이야, 잘 들어. 무적자라는 건 태어났지만 태어나지 않은 거야. 그러니까 학교에도 갈 수 없는 거야. 가더라도 바보취급을 당할 뿐이야. 그걸 내가 불쌍히 여겨 호적에 올렸는데, 만약 내가 아니었다면 너는 지금도 무적자야. 이렇게 남들처럼 학교에도 갈 수도 없는 거라고. 그러니까 말하자면, 너는 우리가 베푼 자비로 학교에 다니고 있다는 사실을 염두에 두지 않으면 안 돼. 그런데도 주제를 모르고 남들처럼 이게 필요해, 저게 필요해 하고 버릇없이 굴고 있어. 제멋대로 굴면 학교에 보내지 않을 테야. 잘 생각하고 지껄여. 너를 학교에 보내는 것도 보내지 않는 것도 모두 우리 권한이야."

결국 물감을 사주지 않았다. 그런 건 아무래도 괜찮다. 하지만 항상 듣는 무적자라는 말 때문에 내 자존심이 얼마나 상했는지 모른다. 잊을 수가 없다.

독자들이여. 나는 내가 어렸을 때부터 학교에 갈 수 없었던 것, 학교에 가도 따돌림 받은 것은 내가 무적자였기 때문이라고 말했다. 하지만 지금 어른이 되어 그렇게 쓰고 있을 뿐, 사실 어릴 때에는 그런 걸 몰랐다. 몰랐기 때문에 더없이 수치스럽고 부끄러웠던 것이다. 왜 나는 제대로 대접을 받지 못하고 수업증서를 받을 수 없는가, 그것이 슬플 뿐이었다. 내가 무적자라는 것은 조선에 와서 안 사실이었다.

그런데 내가 무적자인 것이 내 잘못인가? 내가 무적자인 것은 내 책임이 아니다. 그것은 어머니와 아버지만이 알고 있는 사실이며 그 책임도 두 사람이 져야만 한다. 그런데도 학교는 나에게 문을 열어주지 않았다. 모두 나를 멸시했다. 육친인 할머니마저 무적자라는 이유로 나를 업신여기고 을렀다.

나는 아무것도 몰랐다. 내가 알고 있는 것이라곤 나 자신이 태어났고 살아 숨 쉬고 있다는 것뿐이었다. 그렇다. 나는 내가 태어나 살아있음을 분명히 느끼고 있었다. 할머니가 아무리 태어났지만 태어나지 않은 것이라고 해도, 나는 태어나 숨 쉬고 있는 것이다.

4

5학년 여름의 일이다. 학교는 공립으로 바뀌었고, 고등과가 생겼다. 나이 많은 선생님 대신 사범대를 나온 젊은 선생님이 부임해 왔다.

마침 그 무렵, 부근에 대규모 선로이동공사가 시작되면서 가까운 산에 텅스텐이 발견되었고, 그 때문에 사람들이 들끓기 시작했다. 대부분 일본인이었다. 학생 수도 갑자기 백 명 이상으로 늘어나 학교가 좁아졌다. 그래서 마을 중앙에 있는 고모 집 소유의 산기슭에 새로운 교사가 세워졌고, 우리는 새 학교에 다니게 되었다. 신축이라고는 하나 교실이 겨우 두 개로 늘어났을 뿐, 선생님도 한 사람이어서 제대로 된 교육은 이루어지지 않았다.

　여전히 고모네 식구들이 필요한 학용품을 사주지 않는 바람에 신임 교사 핫도리(服部) 선생님께 항상 물감과 연필을 빌렸다. 선생님은 나를 불쌍히 여기셨지만 마을의 유지인 고모네 기분을 상하게 할 수는 없었나 보다. 고모 집에 자주 놀러 오시면서도 고모나 할머니에게 나를 위해 그 어떠한 말이나 의견도 내놓지 않았다. 딱한 핫도리 선생님. 나는 지금 이렇게 말하고 싶다.

5

　열두세 살 때부터 나는 할머니를 도와 부엌일을 했다. 이와시타 가문의 자식에서 식모로 전락한 것이다.

　식모가 되어버린 나는 모든 집안일을 해야만 했다. 한겨울에 쌀도 씻어야 했고, 머리에 수건을 뒤집어쓰고 온돌 불도 지펴야 했다. 남포등 닦기부터 변소 청소까지 모두 내 몫이었다. 나는 이런 일들을 딱히 불만스럽게 생각하지는 않았다. 오히려 인생의 수행을 한 셈이라 생각하며 감사히 여긴다.

　하지만…… 하지만…… 뭐라 해도 사람은 사람인 것이다. 게다가 나는 여자다. 참으로 견디기 힘든 일이 있었다.

　봄이었는지 가을이었는지, 비가 부슬부슬 내리는 추운 날이었다. 고모부는 노래 모임에 나가고, 하인 고(高) 씨는 뜰 앞 쌀 창고 처마 밑에서 쌀을 찧고 있었다. 방문을 걸어잠그고 할머니는 샤미센*을 연주하고 있었으며 고모는 음에 맞추어 무용 연습을 하고 있었다.

조용한 날이었다. 나는 혼자 부뚜막 앞 봉당에 쪼그리고 앉아 무료한 듯 절구 소리와 촉촉이 내리는 빗소리, 그리고 차분하면서도 고요하게 들려오는 샤미센 가락을 들으며 뭐라 표현할 수 없는 울적함에 빠져들고 있었다.

나는 이 적적함 가운데서 오는 조용함을 좋아했다. 그 가운데 나물도 다 데쳐져 건져서 찬물에 씻었고, 냄비에 남은 물은 우물가 하수구에 버리려 했다. 물을 쏟으려 한 찰라 김이 마구 올라와 나의 맨 팔을 덮쳤다. 그때 조금 무리하게 힘을 쓴 탓인지 냄비 줄 한쪽이 끊어지고 말았다. 그리고 주물로 만든 냄비는 바닥에 떨어져 산산조각이 났다.

아차, 하고 생각했지만 이미 늦었다. 그러나 나는 별로 잘못한 일은 아니라고 생각했기에 할머니가 부엌에 나와 계실 때 아무렇지도 않게 냄비를 깨버렸다고 이야기했다. 그러자 할머니는 갑자기 고함을 쳤다.

"냄비를 깼다고? 칠칠치 못한 것⋯⋯."

나는 바싹 움츠러들고 말았다. 그리고 멍하니 할머니의 얼굴을 보았다.

---

* 三味線. 삼현(三弦)으로 된 일본 고유의 현악기. 사각형의 납작한 동체 양쪽에 고양이 가죽을 댔음

할머니는 몹시 나를 꾸짖었다. 그리고는 나더러 변상하라고 했다.

나는 할머니 말에 그저 "네, 네" 하고 답했다. 그로부터 약 보름이 지난 어느 날, 시내에 다녀온 할머니는 새 냄비를 사 왔다.

전에 쓰던 냄비는 4, 5년 전에 70전이었는데 요즘은 물가가 부쩍 올라 1엔 20전에 샀다고 했다. "뚜껑은 깨지지 않았고, 다른 볼일이 있어 나갔다가 사 온 거니까 교통비는 받지 않으마……."라고 할머니는 말했다.

할머니 집에 온 후로 나는 단 한 번 용돈 10전을 받았을 뿐이다. 그런 내가 어떻게 1엔 20전을 마련할 수 있단 말인가? 식모 월급? 지금 말한 것처럼 그런 돈은 한 푼도 받은 적이 없다. 고향을 떠나 조선에 올 때 십시일반으로 받은 전별금 12, 13엔으로 나는 변상해야 했다.

6

물건을 망가트렸을 때는 할머니의 분노를 돈으로 해결할 수 있기 때문에 그나마 다행이었다. 또 위로가 되기도 했다.

돈으로 변상하려 해도 할 수 없는 잘못을 저질렀을 때의 고통이란. 나는 가끔 돈 대신 벌을 받기도 했다.

내가 열세 살 되던 해에 맞은 설날 이튿날의 일이다. 그날 아침 이와시타 가족 모두는 식탁에 모여 조니*를 먹었다. 그때 어쩌다가 그만 할머니의 젓가락이 두 동강으로 부러지고 말았다.

그 젓가락은 지난밤 내가 각각 젓가락 봉투에 넣어둔 것으로, 그 책임은 물론 나에게 있었다. 얼굴빛이 변한 할머니는 젓가락을 나에게 집어던졌다.

"이게 뭐야. 재수 없게."

할머니는 욕을 하며 나를 닦아세웠다.

"정초부터. 후미, 너는 나를 두 동강 내서 죽일 참이냐? 단단히 각오해 두어라."

할머니가 던진 젓가락을 보니 중간쯤에 벌레가 먹어 큰 구멍이 두 개나 나 있었다.

나는 몰랐다. 몰랐던 것은 물론 내 잘못이다. 하지만 어떻게 내가 할머니를 두 동강 내서 죽일 마음을 가질 수 있겠는가? 그보다 부러진 젓가락이 사람이 죽기를 바라는 주술적인 의미가 있다는 걸 나는 몰랐다.

"잘못했어요. 정말 몰랐어요."

나는 싹싹 빌었지만 할머니는 용서하려 하지 않았다. 이럴 때 나는 어떻게 하면 좋을까? 지금까지의 경험상 두 가지 방법밖에 없다. 하나는 어디까지나 모르고 한 일이라고 말하며 버티는 것, 다른 하나는 "제 불찰입니다. 앞으로 주의하겠습니

---

* 雜煮. 신년에 먹는 일본식 떡국. 채소와 닭고기, 생선묵 등을 넣고 된장이나 간장으로 간을맞춰 끓인다.

다." 하고 말하며 용서를 구하는 일이다.

이번에는 "제 불찰입니다. 저는 할머니를 두 동강 내서 죽이려고 했습니다." 하고 말할 수는 없는 노릇이다. 내가 그런 마음을 가졌다면 벌 받아야 마땅하나, 결코 그런 마음을 가진 적이 없다. 내 속을 이야기해봤자 나를 용서할 할머니가 아니다.

어떤 대답을 하면 좋을지 몰라 망설였다. 결국 나는 진심을 말하며 모르고 한 일이라고 버틸 수밖에 없었다.

할머니는 늘 그렇듯 벌을 내렸다.

평소에 받던 여느 때의 벌! 아, 생각하는 것만으로도 소름이 끼친다.

나는 조니도 먹지 못하고 곧장 집 밖으로 내쫓겼다. 조선의 겨울, 영하의 아침. 추웠다. 배도 고팠다. 풀 죽어 서 있는 내 모습을 남들에게 보이기 싫었다.

나는 사람들의 눈에 띄지 않도록 변소 뒤에 숨었다. 한쪽은 변소 벽, 또 다른 한쪽은 집을 짓기 위해 땅 일부를 파낸 곳이었다. 아침부터 저녁까지 전혀 해가 들지 않는 곳이었다. 쌓인 눈은 얼어붙어 자칫하면 쭉 미끄러질 만큼 위험하다. 이따금 만주에서 불어오는 바람에 눈과 모래가 섞여 가차 없이 얼굴과 다리를 때린다.

나는 서보기도 하고 앉아보기도 한다. 흐느끼며 운다. 고통을 잊어보려 행복한 날을 공상해보기도 한다. 하지만 그런 상상으로 고통이 사라질 리 만무하다.

할머니가 닭 모이를 주러 나왔다.

"어때? 일 안 하고 노니까 좋을 게야."

심술 고약한 할머니의 입가가 일그러졌다. 구원의 손을 뻗어주기는커녕 할머니는 획 지나가버렸다. 나는 뒤따라가며 할머니의 옷자락을 붙잡고 빌었지만 할머니는 그것마저 뿌리쳤다. 아아, 그때의 내 슬픔이란…….

해가 저물고 식사가 모두 끝났을 때가 되어서야 비로소 나는 용서받을 수 있었다.

저녁 무렵의 냉기. 저녁이 되면 기온은 부쩍 내려간다. 추위와 피곤으로 내 얼굴은 널빤지처럼, 다리는 지팡이처럼 굳고 저렸다. 꼬집어보아도 감각이 없을 정도였다. 배는 고파 현기증이 날 지경이었다.

용서받고 방에 들어왔지만, 맥이 빠지고 이가 떨렸다. 기운이 없어 젓가락조차 들 수 없었다.

이런 일들은 셀 수 없이 많았다. 더 심한 일도 겪었다. 일부러 내 잘못이라 우기거나 자신들의 실수를 내 불찰로 돌리고 벌을 주기도 했다. 이제 더 이상 이런 말할 필요도 없다.

하지만 나는 하나만 더 덧붙이고자 한다. 내가 벌 받은 후, 이치에 맞건 안 맞건 용서를 구하게 하고 "앞으로는 절대로 이런 일이 없도록 하겠습니다." 하고 다짐시키는 데 대한 이야기이다. 할머니 가족은 그렇게 하는 것이 자신들의 위엄을 지키는 길이라고 생각했는지, 아니면 그렇게 하면 내가 나아질 거라고 생각했는지 종종 나의 다짐을 받아냈다.

하지만 나는 처절한 경험을 바탕으로 한마디하고 싶다. '아이로 하여금 자신의 행위에 대한 책임은 오직 자신에게만 지게 하라. 자신의 행위를 남에게 맹세하게 하지 말라. 그것은 아이에게 책임감을 박탈하는 일이다. 비굴하게 만드는 일이다. 마음이나 행동에 겉과 속이 다름을 가르치는 일이다. 누구든 자신의 행위에 대해 남과 약속해서는 안 된다. 자신의 행위의 주체를 감시인에게 맡겨서는 안 된다. 자신의 행위의 주체가 온전히 자기 자신임을 자각해야 한다. 그럼으로써 비로소 사람은 누구에게든 거짓되지 않고, 누구도 두려워하지 않고, 진실로 확고하고 자율적인 책임 있는 행위를 할 수 있는 것이다'라고.

할머니 가족의 체벌은 실제로 나를 비뚤어진 거짓말쟁이로 만들었다.

나는 접시 한 장을 깨도 야윌 정도로 고민했다. 머리숱이 많아 자주 빗을 망가트렸는데, 빗 하나 망가져도 밥이 목구멍에 넘어가지 않을 정도로 고민했다. 나는 잘못을 숨기는 것이 싫었다. 하지만 있는 그대로 말하는 것이 두려웠다. 나에게 쏟아질 잔소리와 벌이 무서웠던 것이다. 그래서 언제나 용서를 구할 좋은 기회를 놓쳤다. 오늘 말할까 내일 말할까 고민하며 고통스러워하는 가운데 하루하루 시간을 보냈다. 결국 나는 오로지 나의 잘못을 숨기려고만 하였다. 그릇을 깨면 종이에 싸서 상자 깊숙이 숨겨두거나, 빗을 부러트리면 밥풀로 붙여 서랍 속에 뉘어놓았다.

나의 가슴은 언제나 어둡고 무거웠다. 그러면서 또한 안절부절못하며 차분함을 잃어갔다.

7

이렇게 내 경험을 이야기하자니 머슴 고 씨가 생각난다. 그에 대해 조금이라도 쓰지 않으면 미안한 마음이 들 것 같다.

고 씨는 그다지 영리한 사람은 아니었지만 대신 정직하고 순박하며 보기 드물게 부지런한 사람이었다. 잠시도 쉬지 않고 일을 했으며, 주인의 물건을 실수로라도 속이는 일이 없었다.

고 씨에게는 아내와 아이 셋이 있었다. 큰딸은 얼굴이 예뻐 현미 서 말에 사고 싶다는 남자도 있었지만, 열두세 살이 되면 100엔은 받고 팔 수 있을 거라며 할머니가 만류하는 바람에 어쩔 수 없이 키우고 있었다.

월급은 일반적인 시세보다 2, 3엔 적은 9엔 안짝이었다. 하지만 그것도 처음에만 지켜졌을 뿐, 얼마 지나지 않아 할머니는 현금 대신 쌀을 주는 것이 득이라고 생각하고 갖가지 이유를 붙여 9엔 중 2엔은 쌀 다섯 되로 지급했다. 그것도 좋지 않은 쌀을 2전 적게 계산하여.

그러했기에 고 씨는 상당히 가난했다. 가족들이 배불리 밥을 먹는 일은 없었다. 아이들은 한겨울에도 쌀 포대를 덮고 오들오들 떨며 지냈다. 집안의 가장인 고 씨도 옷이라고는 몸에 걸친 옷 하나가 전부였지만, 그것마저 할머니는 체면이 깎이지 않도록 더러운 옷에 신경을 쓰라고 잔소리를 해댔다.

몹시 추운 어느 저녁이었다. 고 씨가 문 밖에서 방 안에 있는 할머니에게 조심조심 말했다.

"죄송하지만, 내일 하루만 쉴 수 없을까요? 꼭 해야 할 일이 있어서……."

할머니는 고타쓰 안에서 소리쳤다.

"뭐라고? 쉬겠다고? 슬슬 너도 꾀부리기 시작하는 거냐? 뺀들거리면 용서치 않을 거야."

"아니요, 그런 게 아닙니다. 정말 나오기 힘든 사정이 있습니다."

"음. 그게 뭔가? 내일 너희 집에 경성에서 돈 많은 친척이라도 온단 말이냐?"

할머니와 고모는 마주보고 킬킬대며 놀렸다.

"아니요. 그런 건 아니고…… 사실은……."

고 씨는 주저하며 답했다.

"빨래를 하려고요……."

"빨래? 빨래라면 네가 하지 않아도 되잖아. 마누라는 어디에 쓰려고 그러는 거냐. 너도 참 물러빠진 남편이구나."

아아. 한쪽은 악의적인 장난, 다른 한쪽은 간절함. 이 대조적인 풍경이란. 어린 나였지만, 아니 어렸기 때문에 나는 정의감에 사로잡혀 할머니와 고모에 대해 지금까지 없던 분노를 느꼈다.

고 씨는 대답했다.

"그게 아니라, 사모님. 사실 저는 이 옷 말고는 입을 옷이 없어서 내일 빨래하면 옷을 불에 말리고 또 면을 넣어 원래대로 바느질을 할 동안 벌거벗은 채로 있어야 합니다. 그동안은 이불을 덮고 있어야 하고요."

두 사람은 깔깔댔다. 그러면서도 다른 옷을 준비해주지는 않았고 부탁만은 들어주었다.

고 씨는 정직한 일꾼이었다. 그런데도 가난하게 살아야 했다. 그런 까닭에 그는 원래 다니던 철로공사장으로 돌아가 17, 18엔의 임금을 받는 편이 좋다고 생각하고 그만두려고 했지만 할머니는 허락하지 않았다. 17엔을 받든 18엔을 받든 자신의 집에 있는 편이 낫다고 이야기했고, 또한 자신이 주는 혜택을 늘어놓으며 만류했다.

"무엇보다 우리 집에서 일하면 집은 공짜지, 급한 일이 있으면 월급도 가불해주지, 돈을 빌릴 때는 시세 이자의 70%만 받지, 작지만 채소밭도 한 마지기 주지, 솥과 냄비까지 빌려주지 않으냐."

고 씨는 실제로는 철도인부로 일하는 편이 낫다고 생각했지만 무리하게 밀어붙이지는 못하고 그 고통 속에 가두어졌다.

8

5학년 때의 일이다. 아니 5학년이 되었을 때이다. 이삼십 명의 아이들이 새로 입학한 가운데 예쁘장하고 말이 없으며 어딘지 모르게 쓸쓸해 보이는, 하지만 굉장히 똑똑해 보이는 여자아이가 하나 있었다. 나는 왠지 그 아이가 좋았다. 내 마음이 그 아이에게도 전해졌는지, 어느새 그 아이도 나를 가깝게 대했다. 나는 그 아이가 더 좋아졌다. 그리고 우리 둘은 마치 자매처럼 정이 돈독한 사이가 되어 학교생활을 함께했다.

당시 나에게는 이것이 유일한 기쁨이었다. 집에서 나는 사랑받지 못했다. 하지만 그 아이는 나를 좋아했다. 그리고 나는 사랑이라는 걸 이 아이를 통해 발견했다. 아아, 그때 나에게 이런 기쁨이 없었다면 나는 살아갈 마음조차 가지지 못했을 것이다.

그 아이는 바로 다미 짱이었다. 다미 짱은 학교에서 조금 떨어진 곳에서 게다와 문구를 파는 가게의 딸이었다. 다미 짱이 어렸을 때 아버지가 돌아가시고 어머니는 친정으로 갔기 때문에 다미 짱과 여동생은 조부모의 손에서 컸다. 자매는 조부모에게 미움 받는 일 없이 많은 사랑을 받으며 자란 것 같았다. 그렇지만 나는 조부모 밑에서 자란 다미 짱이 어쩐지 불쌍해

보였다. 다미 짱의 얼굴에 묻은 쓸쓸함도 그 탓이라고 생각했다.

"이와시타 상, 이와시타 상."

다미 짱은 나만 따라다녔다. 읽기나 산수 등, 모르는 것이 있으면 언제나 나에게 물었다. 나도 성심껏 가르쳐주었다.

그러나 다미 짱은 몸이 약한 편이었다. 자주 감기를 앓았다. 열이 나서 결석하기도 했다. 겨울에는 항상 목에 흰 수건을 매고 있었다. 나는 학교 오가는 길에 가끔 병문안을 가기도 했다. 그 때문인지 다미 짱의 할머니도 나를 귀여워해주었다. 과자나 학용품을 주는 일도 많았다.

우리의 우정은 점점 깊어졌다. 한해 두해 지남에 따라 더욱 친해졌다. 그 여동생도 좋았다.

우리가 사이좋게 놀 수 있는 곳은 학교뿐이었다. 나는 다른 아이들처럼 친구 집에 놀러 가는 것도, 가까운 들에서 노는 것도 허락되지 않았다.

이웃 아이들은 대부분 학교에서 돌아오면 가방을 던져놓고 근처 들판에서 놀곤 했다. 내가 집에 돌아와 마당 청소 등을 하고 있으면 아이들이 누구누구야, 하며 서로 부르는 소리가 들렸다. 가위바위보를 하거나 토라지거나 화내거나 울거나 웃거나 하는 소리가 손에 잡힐 듯 들려왔다. 뜰 앞 울타리 사이를 비집고 보면 여자아이 남자아이 할 것 없이 모두 한데 모여 오비가 땅에 끌리는 줄도 모르고 뛰어놀았다. 잡거나 잡히거니 하는 모습이 잘 보였다. 얼마나 즐거울까. 얼마나 자유로울까. 아이들을 보고 있노라면 나는 '가난뱅이'가 부러웠다. "우리 집은 말이야. 가난뱅이들과는 격이 달라. 아이를 밖에 내팽개쳐둘 순 없어."라고 할머니는 입버릇처럼 말했고, 그 '고상'한 교육방침에 따라 집에 갇혀 있는 내 자신이 불쌍했다. 그리고 할머니의 말이 단지 나를 노예처럼 부리기 위한 구실에 지나지 않는다는 것을 알고 난 후에는 더욱 슬퍼졌다.

이웃 사람들은 내가 얼마나 엄하게 그리고 얼마나 무거운 노동을 하며 지내는지 잘 알고 있었다. 아이들도 역시 잘 알고 있었다. 그래서 자신들이 놀 때에는 나를 불러내지도 않았다.

가끔 사람 수가 부족하거나, 그냥 나와 놀고 싶을 때, "이와시타 상, 같이 안 놀래?" 하며 묻는 일이 있기는 했다. "시장에서 아키 상이랑 밋 짱도 놀러 왔어." 하고 불러내는 것이다.

나도 아이인지라 같이 놀고 싶은 마음은 굴뚝같았다. 하지만 어차피 놀 수 없다는 걸 알기에 그저 잠자코 있을 뿐이었다. 때마침 밖에 있다가 황급히 집 뒤편에 몸을 숨겨 숨을 죽이고 있으면, 아이들의 목소리를 들은 할머니는 화를 내며 밖으로 나와 이렇게 말했다.

"후미코는 평소에 밖에서 놀지 않는다. 오지 마!"

할머니의 말을 들은 아이들은 귀신에게 쫓기기라도 하는 듯 도망쳤다. 그 후에 야단맞는 것은 나였다.

내가 친구들을 부추겨 불러 모았다는 둥, 뻔뻔하다는 둥, 심보가 고약하다는 둥……

9

학교에서 돌아와 친구들과 놀지 못하는 것쯤은 참을 수 있었다. 나는 학교가 파하면 곧장 집에 돌아오도록 명령을 받았고 5분이나 10분이라도 샛길로 빠지는 일은 허락되지 않았다. 물론 학교가 파하는 시간이 항상 같지는 않았기 때문에 가끔은 5분이나 10분 정도 여유가 있어서 다른 길로 샐 수 있었지만, 대신 들키기라도 하면 끝장이었다. 당연히 5분 일찍 등교할 수도 없었다.

마침내, 참으로 견디기 힘든 일이 일어나고 말았다.

지금까지 선로를 가로질러 시내 학교에 다녔지만 역장이 바뀌고 난 뒤부터 소위 '양반동네'에서 '서민동네'로 나가는 길이 막혀 멀리 둘러 다녀야 했다. 불편함을 참지 못한 사람들은 모두 선로 남측으로 이사했고 북측에는 고모 집을 비롯한 두세 가구와 허름한 이발소 하나만 남게 되었다. 그 외에는 일본인이 없었지만, 그런 건 아무래도 좋았다. 힘든 점은 여기에서 학교에 다니는 학생이 나와 그 이발소 집 딸—오마키 상—둘뿐이라는 것이다.

그 이발소는 고모네 집에서 조금 떨어진 길가에 있었다. 바닥은 좁고 질척했으며 거울은 수은이 다 벗겨져 있었고, 의자는 디리기 부러저 새끼줄로 동여맨 허름하기 짝이 없는 곳이었다.

나는 오마키 상과 함께 둘이서 학교에 다녔다. 하지만 이 사실을 안 할머니가 가만히 있을 리 없었다.

"후미, 너 말이야. 남의 머리에 낀 때로 먹고 사는 집의 아이와 함께 학교 다녀서는 안 돼."

당연히 나는 할머니의 명령에 따라야 했다. 그래서 아침에는 설거지에 일부러 시간을 들여 혼자 늦게 출발하거나 뒷문으로 몰래 혼자 빠져나가기도 했다.

등굣길은 이렇게 해결할 수 있었지만 하굣길은 도리가 없었다. 오마키 상은 항상 나에게 같이 가자고 했다. 나는 오마키 상과 함께 다닐 수 없었지만, 아무리 그렇더라도 "너와 같이 가난한 집의 아이와 같이 다닐 수 없어."라고도 말할 수 없는 노릇이었다. 할머니 식구들의 눈치를 살피며 조심조심, 그리고 항상 조금 빨리 걷거나 조금 늦게 걷거나 하면서 이야기도 나누지 않고 집으로 돌아왔다.

어느 여름날의 일이다. 오마키 상과 나는 정오가 지났을 무렵 함께 교문을 나왔다. 길을 반 정도 지나왔을 때, 오마키 상이 갑자기 멈춰 잠시 생각하더니 이렇게 말했다.

"나, 큰아버지댁에 들러서 좀 받아 가야 할 게 있는데……. 저기, 잠시만 기다려줘, 후미 짱. 금방 끝나."

오마키 상의 큰아버지 집은 우리가 서 있는 곳 바로 앞 철물점이었다. 큰아버지 집은 상당히 부자인 듯, 오마키 상 가족의 생활비 일부를 보조하고 있었다.

오마키 상과 헤어질 수 있는 절호의 기회다! 나는 구원받은 기분이었다. 한껏 용기를 내어 말했다.

"그래? 미안하지만 좀 바빠서 먼저 집에 갈게."

하지만 오마키 상은 아주 붙임성 있는 성격이었다.

"그러지 말고……."

오마키 상은 애원하듯 부탁했다.

"금방 끝나니까 좀 기다려줘. 금방 끝난다니까……."

나는 거절할 수가 없었다. 불안해하면서도 결국 나는 집 밖 울타리에 기대서서 오마키 상을 기다리기로 했다.

오마키 상도 기쁜 듯 힘차게 집 안으로 들어갔다. 하지만 금방 끝난다던 오마키 상은 좀처럼 나오지 않았다. 3분, 5분, 7분, 시간은 차츰 흘렀다. 나는 점점 걱정이 되었고, 오마키 상의 말을 들어준 것을 후회했다. 걱정과 화가 치밀어 올라 집 밖에서 먼저 간다고 큰 소리로 외쳤다.

"오마키 상, 나 이제 갈래."

"늦어버렸네. 미안해." 오마키 상은 미안한 듯 답하고는 "얼른요. 이와시타 상이 기다리잖아요." 하며 큰어머니를 재촉했다.

오마키 상의 큰어머니가 나와서 말했다.

"아이구, 오마키가 무리하게 부탁을 한 모양이구나. 몰랐네. 거긴 더우니까 이쪽으로 오렴. 요즘은 왜 이리 더운지……."

그 당시 나는 조금이라도 친절한 대접을 받으면 금방이라도 눈물을 흘릴 정도로 마음이 약해져 있었다. 화가 나던 마음도, 걱정되던 마음도 어디론가 사라져버려 나도 모르게 집 안으로 들어갔다. 그리고 되도록이면 밖에서 내 모습이 보이지 않도록 가게 구석에 앉았다. 앉자마자 다시 불안해졌다. 안절부절못하며 조심스럽게 밖을 내다보았다.

그때, 참으로 운수 사납게도 자전거를 타고 철물점 앞을 지나는 고모부의 모습이 눈에 들어왔다. 나는 물론이고 고모부도 나를 보았다. 고모부는 차가운 눈초리로 나를 흘겨보며 지나갔다.

섬뜩했다. 나는 제정신이 아니었다. 놀람과 두려움에 심장 고동이 멈추어버릴 지경이었다. 하지만 즉시 나는 심장이 격하게 고동치는 것을 알 수 있었다. 정신을 차리고는 "오마키 상, 나 먼저 갈게." 하고 재빨리 가게를 빠져나왔다.

가방을 끌어안은 채 꽤 먼 거리를 필사적으로 달렸다. 집 앞에 도착한 나는 겁이 나서 안으로 들어갈 용기가 나지 않았다. 발이 무거워졌다. 하지만 용기를 내어 들어갔다.

고모는 평소와 같이 할머니 방에서 바느질을 하고 있었다. 나는 벌벌 떨며 마루에 앉아 "다녀왔습니다." 하고 인사했다.

그러자 갑자기 고모가 마루 끝에 앉은 나를 밀쳐냈다. 아니, 차서 떨어뜨렸다. 그걸로 성에 차지 않았는지 자를 들고 맨발로 나와서는 가리지 않고 마구 때렸다.

할머니도 밖으로 나와 "그렇게 주의를 주었는데도 아직 모르겠니? 좋아. 모르면 알게 해주마."하며 게다를 신은 채로 나에게 발길질을 해댔다.

바닥에 나가떨어진 나는 도저히 일어날 수가 없었다. 땅에 쓰러진 채 그저 울 뿐이었다. 그럴 땐 우는 것 외에 자신을 위로할 방법이 없다.

한참을 혼낸 뒤, 할머니는 나를 뜰 앞 쌀 창고로 끌고 가 가두어버렸다. 그리고 감옥처럼 문 밖에서 자물쇠를 걸었다.

여름 볕이 긴 탓에 창고 안은 숨이 막힐 정도로 후텁지근했고, 벼도 뜨겁게 달구어져 있었다. 긴장이 풀리자 할머니와 고모가 때리고 찬 곳이 아파왔다. 머리장식이 부러져 머리에 상처도 나 있었다. 점심도 먹지 않았던 탓에 견딜 수 없이 배가 고팠다. 하지만 먹을 것이라고는 하나도 없었다. 힘없이 볏가리에 기대어 발밑에 떨어져 있는 벼를 주워 하나하나 피를 벗기고는 씹어 먹었다. 그리고 문득 오늘 일어났던 일들을 생각하곤 훌쩍훌쩍 울었다.

피곤했던 탓인지 나도 모르게 잠이 들었다.

창고에서 나온 건 다음 날 저녁이었지만 할머니의 분은 아직 삭지 않았다. 아무 말도 없이 호박잎 반찬과 밥을 내주었다. 나는 개처럼 게걸스럽게 먹어치웠다.

식사가 끝나자 고모부가 다가와 편지 한 통을 주었다.

"이걸 가지고 가거라……."

그것은 선생님에게 드리는 편지였다.

"지금이요?"

"그래. 지금 바로 가거라……."

세수를 하고 옷을 갈아입고 집을 나섰다.

무슨 일인지는 모른지만, 아마 선생님께 훈계를 부탁한다는 편지일 거라 생각했다. 아무리 생각해도 내가 크게 잘못했다고는 생각되지 않았다. 도덕책에도 친구와 사이좋게 지내라고 적혀 있다. 자신보다 가난한 사람을 멸시해서는 안 된다고도 적혀 있다. '우애(友愛)'에 대해 선생님이 가르쳐준 것도 겨우 이삼 일 전의 일 아닌가. 나는 선생님의 말을 잘 기억하고 있다. 그래서 선생님은 나를 꾸짖지 않을 거라고 생각했고, 또 유일한 내 편이 있는 곳으로 가는 길이 즐겁기까지 했다.

저녁식사를 마친 듯 선생님은 유카타 차림에 아이를 안고 정원에서 꽃을 보고 있었다.

"선생님. 안녕하세요."

"응, 후미코구나. 오늘 무슨 일로 결석한 거야? 또 야단맞았어?"

선생님은 웃으며 나를 맞아주었다.

자주 있는 일이라 선생님은 내가 집에서 야단맞는 일에 그다지 신경을 쓰지 않는 듯했다. 그렇지 않으면 나에 대한 동정심에 그렇게 말한 것인지도 모른다. 나는 선생님을 만나면 선생님에게만은 사건의 경위를 모두 말하고, 정확한 판단을 들어보려 했지만, 막상 선생님을 만나니 그저 눈물만 나올 뿐 아무 말도 할 수 없었다.

나는 울면서 품속에서 편지를 꺼내 선생님께 드렸다.

선생님은 말없이 봉투 속의 편지를 꺼내 한번 훑어보고는 다시 봉투에 집어넣었다.

"얼마나 큰 잘못을 했는지 모르지만, 네 아버지가 후미 짱에게 좋지 못한 점이 있어서 퇴교시키겠다는구나."

가슴이 쿵하고 내려앉았다. 현기증이 나서 쓰러질 정도였다. 선생님은 다시 말을 이었다.

"너무 걱정은 말거라. 정말 학교를 그만두게 하는 것이 아니라, 잠시 동안만 학교에 보내지 않겠다는 의미니까. 나도 잘 말씀드릴게. 후미 짱네 식구들은 한 번 뱉은 말을 번복하는 일이 절대 없으니 참으로 곤란하게 됐구나. 그러니까 지금은 어른들 말씀 잘 듣고 얌전히 참고 있으렴. 달리 방법이 없어……."

더 이상 선생님에게 할 말이 없었다. 선생님에게 의지하지도 못하고 잠자코 선생님 집을 나왔다. 기대가 어긋나는 바람에 마음은 더욱 아팠다. 나는 교실로 들어가 실컷 울었다. 내 울음에 답하는 것이라곤 텅 빈 교실 천정에 울리는 나의 흐느낌뿐이었다. 나는 이때만큼 확실하게 자신이 고독하다는 것을 느낀 적이 없었다.

선생님의 말에서, 이미 낮에 선생님과 고모부가 만나 나에 대한 이야기를 주고받았다는 것을 알 수 있었다. 그리고 이렇게 고독의 나락으로 떨어진 지금, 나는 깨달았다. 교사란 겁이 많고 성의가 없으며, 또한 그들이 하는 말은 공허한 거짓말에 지나지 않는다는 것을.

10

7월 초순의 일이다.

선생님의 말처럼 9월 신학기부터 나는 다시 학교에 가게 되었다. 그러나 1학기 통지표 품행점수에는 '을(乙)'이라고 적혀 있었다. 난생 처음이었다.

나는 다시 학교에 다닐 수 있었다. 학교에 다시 다닐 수 있게 된 나는 그것만으로 힘이 났다.

무엇보다 기쁜 것은 내가 좋아하는 다미 짱과 만날 수 있다는 것이었다.

다미 짱은 3학년이 되었다. 다미 짱의 여동생 아이 짱도 입학했다. 나는 고등 1학년이 되었다. 이 두 사람을 만나는 것만으로도, 이 두 사람을 보살피는 것만으로도 내 마음은 안정되었다. 한동안 학교에 가지 못했을 때 내가 얼마나 다미 짱과 아이 짱을 그리워했던지.

하지만 다미 짱과 사이좋게 놀 수 있는 것도 잠시였다.

2학기가 시작되자마자 다미 쨩은 여느 때처럼 감기로 결석을 했다. 이틀, 사흘이 지났지만 다미 쨩은 보이지 않았다. 나는 학교 점심시간에 짬을 내 병문안을 가기도 했다. 다미 쨩은 나를 매우 반가워했다. 하지만 병은 조금도 나아지지 않았다. 의사가 폐렴 진단을 내린 후에는, 내가 가서 갑자기 말을 시키거나 하면 오히려 몸에 나쁠 것 같아 병문안도 가지 않았다. 그러나 그 후, 나는 아이 쨩에게서 다미 쨩의 병이 더욱 깊어져 뇌막염으로 번졌다는 말을 들었다. 다시 점심시간에 병문안을 가보았다.

  하지만 그때는 이미 내가 알던 다미 쨩의 모습이 아니었다. 얼마 전 내가 갔을 때, 창백한 얼굴로 미소를 지으며 희미하게나마 반가움을 나타내던 모습조차 없었다.

  다미 쨩은 반듯이 누운 채로 그저 눈을 크게 뜨고 있을 뿐이었다. 의사는 다미 쨩의 눈에 반사경의 빛을 모아보았지만, 눈에는 깜빡임조차 없었다.

  의사는 포기한 듯했다. 할머니와 할아버지는 그 옆에서 힘없이 앉아 있었다. 나는 울었다.

  다미 쨩은 이미 죽어가고 있었다. 우리는 이제 더 이상 만날 수 없는 것이다. 나는 슬펐다.

  그로부터 이틀이 지난 후, 모든 아이들이 모여 다미 쨩을 먼 산 화장장으로 보냈다. 그 다음 날 나는 두세 명의 아이들과 함께 학교 대표로 다미 쨩의 수골을 도왔다.

다미 짱과 나는 우연히 알게 되어 친해졌다. 우리는 3년이 채 되지 않은 시간을 함께했을 뿐이다. 하지만 앞에서도 이야기한 것과 같이, 우리는 어떤 특별한 인연이 있는 사이처럼 친했다. 아버지가 죽고 어머니가 없는 다미 짱을, 나는 나와 같은 사정을 가진 아이로서 동정했는지도 모른다. 여하튼 내 마음속에 다미 짱은 내 여동생과 같았다.

그러하기에 다미 짱을 잃은 나는 단순한 쓸쓸함을 넘어서 무언가 소중한 것을 잃은 듯한 느낌마저 들었다. 학교에서도 집에서도 다미 짱을 생각하면 견딜 수 없는 슬픔에 울음이 터졌다.

그런 날이 한 달이나 이어진 후의 어느 날이었다.

운동장에서는 아이들이 즐겁게 놀고 있었다. 하지만 나는 어떠한 놀이도 함께하고 싶지 않았다. 정원 구석 포플러 나무에 기대어 그저 멍하니 있었다. 그러자 아이 짱이 천진난만한 모습으로 달려왔다.

"이와시타 상, 여기에 있었어?"

아이 짱은 내 손을 잡아당기며 말했다.

"모두 찾고 있었잖아. 저쪽으로 가자. 응? 뭘 생각하는 거야."

나는 참다못해 아이 짱을 와락 끌어안았다.

"나, 네 언니 생각하고 있었어."

천진하던 아이 짱의 얼굴도 갑자기 흐려졌다. 그리고 생각난 듯이 말했다.

"저기, 이와시타 상. 내가 요전에 가져다준 것 봤어?"

"요전에 갖다 준 거? 어디에 줬는데?"

"어머? 아직 몰라?"

아이 짱은 되바라진 투로 말했다.

"언니가 선물로 받은 재봉함 말이야. 언니 유품이라며 우리 할머니가 이와시타 상에게 가져다주라고 해서 내가 가지고 갔었는데."

다미 짱의 재봉함! 기억난다. 검게 옻칠된 바탕에 금색 가루가 뿌려져 있는, 멋진, 새 재봉함이다. 다미 짱은 그걸 나에게 준 것이다. 아아, 기쁘다. 적어도 그것만큼은 곁에 두어야지. 아직 고모네 가족 누구도 나에게 그걸 건네주지 않았다. 하지만 아이 짱을 실망시킬 수 없기에 그렇게 말을 하지는 못했다.

무거운 마음으로 나는 답했다.

"아, 그거? 받았어. …… 고마워……."

내가 정말 그것을 받았더라면 얼마나 행복했을까. 이 정도의 인사로는 부족하겠지. 하지만 나는 겨우 이런 인사 정도밖에 할 수 없었다. 그리고 미안한 마음을 숨기려고 "자, 가서 같이 놀자." 하고 이번에는 내가 먼저 아이 짱의 손을 당겼다.

11

나는 그 재봉함을 가지고 싶었다. 그걸 가지고 있으면 다미 짱과 만날 수 있을 것만 같았다. 그날 집에 돌아오자마자 나는 일부러 청소 일을 만들어 서랍과 장롱 속을 뒤져보았다. 하지만 어디에도 재봉함은 없었다.

'어떻게 된 거지? 없을 리가 없는데.'

다음 날도 그 다음 날도 핑계를 만들어 서랍을 정리하고 방 안을 청소하면서 찾아보았지만 모두 헛수고였다.

나는 포기했다. 심술궂은 할머니. 어딘가 내가 모르는 곳에 숨겨두었겠지, 하며 찾지 않았다.

또 몇 개월이 지났다. 어느 날 저녁, 할머니의 방을 청소하노라니 장롱과 벽 사이에 종이 같은 게 보였다. '뭐지?' 하고 호기심이 발동한 나는 억지로 꺼내보았다. 먼지투성이의 편지였다.

글씨체로 보아 아이가 보낸 편지였는데, 보낸 이는 '사다코(貞子)'였다.

사다코라면 할머니의 오빠의 딸로, 예전에 이 집에 입양되었다가 할머니와 그 오빠 사이에 의견 차이가 나서 다시 파양된 아이였다. 나는 그 아이 대신 양녀로 들어오게 된 것이었다.

나는 그 편지를 몰래 품에 숨겨 내 방으로 가져가 읽어보았다.

정확한 문장은 기억나지 않지만, 대강의 내용은 결코 잊을 수가 없는 것이었다.

그 편지를 통하여 나는 나 대신 다시 사다코가 이와시타 가문의 양녀가 된 것을 알게 되었고, 고모네가 여러 가지 물건을 사다코에게 보낸 것도 알게 되었다. 고향을 떠나올 때 나에게 입혀주었던 비단 기모노와 오비도—그리고 내가 그리도 찾던 다미 짱의 유품 재봉함까지—모두 사다코에게 보냈다는 걸 알아버렸다. 그리고 내가 식모보다 더 심한 대우를 받고 있는 것과는 달리 사다코에게는 무용, 재봉, 꽃꽂이까지 가르치고 있다는 걸 알아버렸다. 편지의 마지막에는 "어머니께 드림"이라는 글자가 똑똑히 적혀 있었다.

하지만 나는 나약한 말은 하지 않으려 한다. 나에게 주라고 보낸 물건마저 사다코에게 줘버렸다거나, 그 외의 일에 대해서도 이야기하지 않겠다. 나는 그저 다미 짱의 유품을 사다코에게 보낸 처사에 화가 날 뿐이다. 슬프다.

12

햣도리 선생님이 부임한 지 3년 정도가 지났다.

젊고 풍채가 좋으며 운동을 좋아하던 선생님은 넓은 교정에 유동원목, 회전탑과 같은 운동기구를 차례차례 만들어 아이들을 기쁘게 해주었다. 그런데 이번에는 운동만 해서는 안 된다며 농업 실습을 시작했다.

선생님은 먼저 학교 뒤에 있는 꽤 넓은 땅을 빌려 아이들의 농장으로 만들었다. 네댓 명을 한 조로 하여 구획을 나누고,

첫 작물로는 손이 많이 가지 않는 감자를 키우기로 했다.

아이들은 무척이나 좋아했다. 각자 자신의 조가 맡은 땅을 괭이로 파기도 하고, 선생님이 가르쳐준 대로 이랑을 짓기도 했다. 선생님은 선생님대로 모두에게 괭이 사용법부터 알려주면서 선생님의 밭을 일구었다. 아이들은 선생님이 밭을 일구는 걸 보고 따라했고, 간신히 씨를 뿌릴 수 있을 정도까지 만들었다.

이때 이미 감자 씨는 준비되어 있었다. 일군 밭에 화학비료를 뿌리고 씨도 뿌렸다. 선생님이 밭에서 몸소 시범을 보였고 아이들은 따라 했다.

"자, 모두 잘 들어."

선생님은 기분 좋은 듯 큰 소리로 말했다.

"지금부터 열흘 정도가 지나면 싹이 나올 거야. 희한하지? 이렇게 진흙 같은 곳에서 싹이 나오고 또 감자도 생기는 거야. 나중에는 사람의 입으로 들어가 영양분이 되지. 이건 농사 중에서도 가장 쉬운 편에 속하지만, 그렇다고 그냥 놔두면 좋은 감자를 얻을 수 없어. 충분히 정성을 들이고 돌보지 않으면 안 돼. 대단한 수고가 있어야 하는 거야. 그러니까 모두들 농부를 우습게 생각하지 마. 농부야말로 일본 국민의 어버이라 할 수 있지. 아니 일본만이 아니라, 어느 나라든 다 같아."

모두 긴장한 얼굴로 선생님의 이야기를 들었다. 교실에서 배울 때보다 10배 이상의 흥미와 주의를 가지고.

136

따뜻한 햇볕을 받아 작은 싹이 트기 시작했다. 아이들은 창조의 기쁨에 춤췄다. 싹은 무럭무럭 자랐다. 아이들은 틈만 나면 밭으로 달려갔다. 자신의 밭에서 난 싹과 다른 친구들의 밭에서 난 싹을 비교하며 서로 자랑하기도 했다. 자를 가지고 싹의 길이를 재기도 하였고, 싹이 길어 보이도록 주변의 흙을 몰래 파놓기도 했다.

시간표상 농업시간은 일주일에 한 번이었지만 그것만으로는 부족하여 다른 과목 시간을 농업시간으로 사용하기까지 했다.

선생님은 흰 셔츠 한 장만 입고, 여자아이들은 기모노를 걷고 맨발로, 남자아이들은 속옷 바람으로 풀을 뽑거나 끙끙대며 비료를 주었다. 모두 땀범벅이 되고 얼굴과 손발은 진흙투성이가 되었다. 하지만 그걸 싫어하는 아이는 아무도 없었다.

"자, 모두 주목."

선생님은 이따금 큰 소리로 이야기했다.

"사람은 서로 사랑하지 않으면 안 된다. 아니, 사람만이 아니야. 뭐든 서로 사랑해야 한다. 하지만 진실한 사랑은 자신의 고생을 통해 자라나는 거야. 어때? 모두들 이 감자가 사랑스럽지?"

이런 말도 하였다.

"감자 하나를 키우는 데도 이렇게 많은 수고를 해야 한단다. 채소가게에서 감자를 사 먹을 때 아무 생각 없이 이 감자는 맛나다, 맛나지 않다, 고 말하지만 실제로 이걸 키우기 위해 농부들이 얼마나 고생을 하는지 너희들은 모를 거야."

그리고 마지막에는 항상 "그러니까 농부를 무시해서는 안돼. 농부는 생명의 어버이."라고 덧붙였다.

비가 내리지 않았다. 땅이 너무 메말라 어렵게 튼 싹이 말라 버릴 것 같았다. 모두들 앞을 다투어 아침 일찍 학교에 나와 우물에서 물을 길었다. 어떤 아이는 방과 후 다시 학교에 와 물을 주기도 했다. 그 정도로 아이들은 진지하고도 눈부신 희망을 감자를 통해 구하고 있었다. 물론 나도 그런 아이들 가운데 하나였다.

어느 날, 나는 학교에서 돌아 온 직후 고모와 할머니에게 불려 갔다.

"후미, 요즘 학교에서 농사일을 가르친다는데, 사실이냐?"

고모가 먼저 물었다.

또 무슨 일에 화가 난 것일까, 흠칫거리며 나는 "네." 하고 답했다.

고모는 대수롭지 않은 듯, "이렇게 더운 날 여자아이들에게 까지 농사일을 시키다니. 무엇보다 볕에 기모노가 바래잖아." 하며 중얼거리고는 "지금 키우고 있는 건 어쩔 수 없지만, 다음부터는 하지 마……." 하고 명령했다.

다음부터 농사를 할 수 없는 것은 괴로운 일이지만, 지금 당장 그만두는 것은 아니기에 나는 내심 안도했다.

그러나 할머니는 고모와 생각이 달랐다.

"다음부터라니. 지금 당장 그만둬. 우리 집은 월사금까지 내면서 농사일을 배우게 하진 않아. 그리고 너 같은 걸 농부에게 시집보내지 않더라도 먹고살 만은 하고……."

나는 잠자코 듣고 있을 수밖에 없었다. 할머니는 말을 이었다.

"내일부터 농사일 같은 걸 해서는 안 돼. 뭐라고, 후미? 정규 과목이라고? 그럼 농업시간이 있는 날에는 학교 가지 마. 됐지?"

할머니는 내 얼굴에서 자신을 원망하는 표정을 읽은 듯 점점 짜증을 내며 다른 일까지 잔소리하기 시작했다. 할머니는 다시 말을 이었다.

"그 꼴에, 너는 게다 끈을 자주 끊어버리더라. 그건 분명 그네를 뛰거나 남자아이들과 같이 험하게 놀기 때문이야. 가난뱅이 자식같이. 여자아이라면 여자아이로서 조금은 고상한 척이라도 해보아라. 그러니까 내일부터는 그네도 술래잡기도 하지 마. 내가 못 본다고 안심하고 몰래 학교에서 놀아서는 안 돼. 우리 산에 올라가 꼭 확인할 거야."

아아, 결국 나는 이렇게 모든 자유를 빼앗기고 말았다. 내 자신도 빼앗기고 말았다.

열두세 살이면 한창 놀고 싶을 나이다. 그런 내가, 기모노가 볕에 바랜다는 이유로, 게다 끈이 끊어진다는 이유로 시간표

상의 수업 외에 모든 놀이를 금지당한 것이다. 다른 사람들보다 훨씬 말괄량이인 나에게 있어 손과 발이 모두 묶인 듯한 생활은 정말이지 지옥과도 같았다. 어른이 된 지금도 길을 지날 때 흙장난을 하고 있는 아이에게 어머니가 달려와 옷이 더러워진다며 야단하거나 흙장난이 하고 싶어 떼쓰는 아이를 억지로 끌고 가는 일을 자주 목격한다. 그런 광경을 볼 때마다 나는 이렇게 외치고 싶다.

'왜 그렇게 무리하게 아이를 나무라나요. 당신은 대체 아이가 중요합니까, 옷이 중요합니까. 아이는 옷을 입기 위해 존재하는 것이 아닙니다. 아이가 있기 때문에 옷이 있는 것입니다. 그렇게 더럽혀서는 안 되는 옷이라면 허름하고 질이 좀 낮은 옷을 입히면 되지 않습니까. 어른들은 자신의 체면을 위해 아이를 희생합니다. 어른들은 자신의 수고를 아끼기 위해 아이를 희생합니다. 어른들은, 특히 어머니는 아이를 위험에서 보호하고, 아이의 천성을 길러주는 것이 그 본분입니다. 아이의 자유를 뺏고 아이의 인격을 뺏는 것은 지독한 죄악입니다. 아이를 자유롭게 놀게 해주세요. 자유의 천지에서 뛰노는 일은 자연이 아이에게 주는 유일한 특권입니다. 그렇게 해야, 아이는 인간다운 인간으로 무럭무럭 성장하는 것입니다.'라고.

나는 이것이 결코 그릇된 판단이 아니라고 생각한다.

13

할머니와 고모에게 주의를 받은 후, 닷새 정도 지났다.

수업이 끝난 후, 핫도리 선생님은 문득 생각이 난 듯 교단에서 학생들을 둘러보며 말했다.

"어때. 이번에 학교에서 농사를 시작한 걸 가지고, 집에서 무슨 말을 하지는 않더냐? ……예를 들면, 좋은 일을 시작했다고 하거나, 아니면 나쁘다고 하거나…….

대답이 없었다.

선생님은 호소다(細田)라는 남자아이를 지목했다.

"호소다 군의 집에서는 뭐라고 하셔? 형님이 무슨 말씀을 하시더냐?"

폐병이 있는 형과 살고 있는 호소다 군이 답했다.

"형님은 몸이 건강해질 거라며 좋은 일이라고 하였습니다."

선생님은 반가운 얼굴을 하며 다시 둘러보았다.

"우리 아버지도 그렇게 말했어."

"우리 아버지도…….

아이들이 작은 소리로 말했다. 하지만 자진해서 큰 소리로 말하는 사람은 없었다. 선생님은 또 지목하려 했다.

나는 내가 지목당하지는 않을지 가슴이 조마조마했다. 그리고 될 수 있으면 선생님의 눈에 띄지 않도록 고개를 숙인 채 가만히 있었다. 그런데도 선생님은 일부러 내 이름을 불렀다.

"이와시타 상의 집에서는 뭐라고 하시던? 할머니가 분명 무슨 말씀을 하셨을 텐데……. 가만히 있지는 않았을 텐데……."

선생님이 뭔가 알고 있는 건 아닐까, 하고 나는 생각했다. 또 할머니랑 고모가 무슨 말을 했는지 모른다고 해도, 할머니의 성격을 잘 알고 있는 선생님께 뻔한 거짓말을 할 수도 없었다. 그렇지만 사실대로 말한다면…….

평소와는 달리 내 대답은 애매했다.

"네, 저기……. 할머니는 농업, 농부 일을 하면 옷이 바래서……, 라고 말씀하셨습니다."

그러자 선생님은 비꼬는 듯 얼굴에 쓴웃음을 지으며 화난 말투로 말했다.

"음. 그렇겠지. 여왕님같이 훌륭한 옷을 입으시니까……."

선생님은 성난 듯 교과서를 집어 들고는 거칠게 문을 열고 나가버렸다.

아이들은 모두 유심히 내 옷을 쳐다보았다. 나도 모르게 얼굴이 붉어졌다. 그리고 새삼스럽게 나의 초라한 모습에 놀랐다. 흰 바탕에 남색 무늬가 있는 호졸근하고 궁상스러운 옷이다. 무늬가 흐릿해진데다 헝겊으로 여기저기 누덕누덕 기운 자국까지 남아 있다.

나는 선생님을 원망했다. 선생님은 왜 모두의 앞에서 나를 수치스럽게 만들었을까. 농업시간에 자신이 기르던 것에 대한 사랑을 설교했던 선생님이 아닌가. 그런데……, 그런데…….

집에 돌아왔다.

학교에서 생긴 일이 머리에서 떠나지 않았다. 또 내가 한 대답이 할머니와 고모에게 옳지 못한 일로 비치지는 않을지 걱정스러웠다. 생각하면 할수록 가만히 있어서는 안 되는 일이라고 여겨졌다. 결국 학교에서 일어난 일을 사실대로 말했다.

할머니와 고모는 화내지 않았다. 의기양양한 표정이었다. 단지 할머니는 고모와 얼굴을 마주보며 이렇게 말했다.

"맙소사. 이 바보한테는 정말 손들었어. 남에게 말해도 되는 것과 안 되는 걸 구별하지 못하니. 그렇지? 앞으로 이 아이 앞에서는 무심코라도 진실을 말하면 안 되겠어. 뭐든지 말하니까……."

할머니와 고모는 지금까지 자신이 하는 행동과 말은 절대적으로 옳은 일이라고 나에게 세뇌시켰다. 적어도 할머니의 말을 믿도록 강요했다. 하지만 나는 처음으로 할머니도 역시 사람들 앞에서 무심코 말해서는 안 되는 일을 하거나 말하고 있다는 사실을 알게 되었다.

나는 더 이상 할머니의 말을 그대로 믿지 않겠다, 무비판적으로 받아들이지 않겠다, 막연하게나마 그렇게 느꼈다.

14

나는 모든 것을 빼앗겨버렸다. 학교도 집도 지금의 나에게
는 하나의 감옥에 지나지 않는다.

그러나 나는 어릴 때부터 아무리 힘들어도 쓰러지지 않는
강한 아이였던 게 분명하다. 어려운 가운데서도 또 다른 즐거
운 세계를 발견하곤 했는데, 이번에는 사람들을 멀리하며 혼
자가 되는 것이 좋았다. 그렇다. 단지 그것뿐이었다.

힘든 과거를 회상하니 당시의 즐거운 경험도 떠오른다.

대산(臺山)은 고모네가 소유한 산이었다. 고모부가 예전에
철도국에 근무했을 때 사둔 것으로, 밤나무가 심겨 있었다. 가
을이 되면 밤나무는 상당한 수입원이 되었다.

밤나무 사이사이에는 솔새와 참억새가 키만큼 자라고 있었
고, 매년 가을에는 이것들을 사람들이 베어 갔는데, 그로 인한
수입도 꽤 좋았다.

가을에 밤이 여물어 밤송이가 벌어지면 우리 집 식구 중 누
군가는 밤알을 주워 모아야 했다. 대개는 몸이 허약한 고모부
의 몫이었지만, 가끔 고모부가 산에 오르지도 못할 만큼 상태
가 좋지 않으면 나는 밤알 줍기를 자처했다. 왜냐하면 산에서
는 진정한 자유를 누릴 수 있기 때문이다.

모든 것을 빼앗겨버린 어느 가을날의 일이다. 고모부의 건
강이 또다시 나빠졌다. 나는 할머니에게 부탁하여 학교를 가

지 않고 몇 번이나 밤알을 주우러 산에 갔다.

산에 가기 전에는 먼저 다비*를 신고 각반을 두른 후 조리**와 발이 하나가 되도록 동여맨다. 왜냐하면 그 산에는 살모사가 있어 이따금 사람을 물기 때문이다. 낫과 막대기, 그리고 밤을 담을 포대를 챙겨 서둘러 집을 나선다.

아이들은 학교로 가지만, 나는 더 이상 학교에 가지 못하는 걸 슬퍼하지 않았다. 그보다 혼자 산에 오르는 게 더 즐거웠다.

나무에는 담홍색 밤이 곧 떨어질 듯 가시 밖으로 붉어져 나와 있다. 나는 양 다리를 벌리고 서서 막대기로 밤송이들을 비틀어 꺾는다. 그리고 조리 신은 발로 비벼 밤알을 골라낸다. 발로 비벼도 나오지 않는 것은 괭이 등으로 벗겨낸다. 밤송이가 벌어진 가지에서 밤을 모두 고르고 나면 이번에는 눈을 발 밑으로 돌려 땅에 떨어진 밤알도 주워 담는다. 이렇게 나무를 옮겨 다니며 밤알을 줍는 것이다.

때로는 풀 한 포기 없는 곳도 만나고 때로는 풀숲이 우거진 곳도 만난다. 그런 곳에서는 놀란 꿩이 날아오르기도 하고, 토끼가 뛰어나오기도 한다. 놀라 멈칫하기도 하지만, 금방 그 동물들에게 미안함을 느낀다.

"이런, 놀랐잖아. 그렇게 도망가지 않아도 돼. 우리는 친구

* 足袋. 일본식 버선
** 草履. 일본식 짚신. 짚, 골풀, 죽순껍질 등을 엮어 만든다.

야." 하며 혼잣말을 중얼거린다. 물론 꿩이나 토끼는 나에게 아무런 답을 하지 않고 도망치지만, 그것을 서운하게 생각하지도 않는다. 빙그레 혼자 웃어본다. 그리고 다시 "재미난 녀석들!" 하며 혼잣말을 한다. 그들을 위해 풀숲에 떨어진 밤알을 남겨놓고 다른 곳으로 이동한다.

밤을 담은 포대가 무거워진다. 다리도 아파온다. 나는 잠시 가진 짐을 모두 팽개쳐두고 한걸음에 산꼭대기로 올라간다. 그리고는 잠시 쉰다.

산꼭대기에는 나무라고 할 만한 나무는 없고 노란색 여랑화와 보라색 도라지, 싸리 등이 어우러져 피어 있다. 선생님이 "저건 산이 아니라 언덕이야."라고 말할 정도로 낮은 산이었지만, 정상에 올라 내려다보면 부강이 한눈에 들어온다.

서북쪽에는 논과 밭을 사이에 두고 정차장과 여관, 그 외의 건물들이 줄을 지어 서 있다. 마을다운 곳이다. 그중에서도 가장 눈에 띄는 것은 헌병대 건물이다. 카키색 제복을 입은 헌병이 조선인을 뜰로 끌고 와 옷을 벗기고는 맨살 엉덩이를 채찍질한다. 하나, 두울. 헌병의 새된 목소리가 들린다. 맞는 조선인의 울음소리가 들리는 듯하다.

그런 광경을 보면 기분이 상한다. 이번에는 뒤돌아 남쪽을 본다. 우뚝 솟은 부용봉(芙蓉峯)이 멀리 보인다. 산기슭을 따라 동쪽에서 서쪽으로 유유히 흐르는 백강(白江)은 가을 햇살을 받아 은빛으로 반짝여 마치 흰 비단을 깔아놓은 것 같다.

강 옆 모래밭 위로 짐을 실은 당나귀가 깨나른한 듯 지나간다. 나무 사이로 낮은 초가지붕의 조선인 마을이 드문드문 보인다. 안개에 싸인 고요한 마을이다. 중국 남종화(南宗畵)를 보는 듯하다.

그 풍경을 가만히 바라보고 있노라면 나는 비로소 내가 진정으로 태어나 살아 있음을 느낀다. 느긋하게 풀 위에 누워 하늘을 바라본다. 높고 높은 하늘이다. 나는 그 끝이 궁금했다. 눈을 감고 생각에 잠긴다. 시원한 바람이 불어온다. 바람에 풀이 속삭인다. 다시 눈을 뜨면 잠자리가 눈앞에서 날고 있다. 방울벌레, 청귀뚜라미의 울음소리가 귓가에 맴돈다.

점심시간이 시작된 듯 학교에서 아이들 목소리가 소란스럽게 들려온다. 나는 일어나 교정을 바라본다. 아이들이 축구를 하고 있다. 공이 튀어오르는 소리가 들린다. 서로 공을 뺏으려는 아이들이 시끄러운 소리를 낸다. 재미있게 논다. 지금까지 나는 학교에서 그들을 그저 슬프게 바라보아야 했다. 하지만 지금은 슬픔도 기쁨도 느끼지 않는다. 단지 자연 속에 녹아든 자신을 발견할 뿐이다.

무언가 배 아래로부터 힘이 끓어오르는 느낌이 들어 나도 모르게 "오—이" 하고 외쳐본다. 물론 누구도 답하지 않는다. 산에는 나 혼자다.

종이 울리자 아이들은 다시 교실로 들어간다. 나도 산꼭대기에서 내려와 밤나무 숲으로 향한다.

마음이 가벼워진 나는 학교에서 배운 창가를 부르기 시작한다. 말리는 이도 없다. 작은 새와 같이 나는 자유롭다. 부르고 또 부르며, 목이 쉴 때까지 부른다. 때로는 즉흥적으로 노래를 만들어 부르기도 한다. 평소에 담아두었던 감정이 자유분방하게 마구 분출되는 느낌이다. 그것들이 위로가 된다.

목이 마르면 오두막 옆 배 밭에서 배를 따다가 껍질도 벗기지 않은 채 찌꺼기도 남기지 않고 그대로 먹어버린다. 그리고는 다시 땅에 누워 나무 사이로 흐르는 구름을 바라본다. 숨이 막힐 것 같은 풀의 훈김, 코를 찌르는 버섯 향. 나는 그것들을 아낌없이 들이마신다.

아아, 자연! 자연에는 거짓이 없다. 자연은 솔직하고 자유롭다. 인간과 같이 사람을 짓누르지 않는다. 마음속 깊이 느낀다. "고마워." 산에게 감사하고 싶다. 동시에 지금의 나의 일상이 떠올라 울고 싶어진다. 그럴 때는 실컷 울어버린다. 산에서 지내는 날만큼은 나 자신으로 돌아갈 수 있었다. 오로지 산에서 지내는 날에만 해방될 수 있었다.

15

한여름의 어느 날이었다.

강경(江景)이라는 곳에서 혼자 병원을 경영하고 있는 후쿠하라(福原)라는 사람의 부인이 할머니를 찾아왔다. 그 여자의 이름은 미사오(操)로, 할머니의 조카 중 한 사람이었다.

미사오 씨는 지금까지 한 번도 할머니 집을 찾아온 적이 없었고, 편지조차 제대로 주고받는 일이 없었던 것으로 기억한다. 미사오 씨는 나처럼 비천하고 가난한 사람이 아니었다. 할머니를 비롯하여 이와시타네 가족들 모두 미사오 씨를 대접하느라 야단법석이었다.

미사오 씨는 스물네다섯 살로 보였고 아름다웠다. 그녀는 갓난아기도 함께 데려왔다.

이와시타가를 방문한 그녀는 가슴과 소매에 화려한 국화모양이 장식되어 있는 비단 홑옷에 금사와 은사가 요란하게 섞인 오비를 매고 있었다. 게다가 더운 날씨임에도 금사 비단 반코트까지 입고 있었다. 목걸이와 반지 등, 조화롭지는 않았지만 한눈에도 귀부인임을 알 수 있게 하는 차림이었다.

한차례 인사를 한 후 할머니는 미사오 씨의 옷이 땀에 젖어 있는 것을 보고, "어머나, 미사오. 옷이 땀에 흠뻑 젖었구나. 다른 옷으로 갈아입으렴." 하고 말했다. 미사오 씨도 "그러게요. 갈아입는 게 좋겠어요." 하고 답하며 입고 있는 옷을 벗기 시작했다. 할머니는 손수 그 옷을 들고 하나하나 정성스럽게 펼쳐 햇빛에 말렸다. 근처에 사는 가난한 집 아낙네들이 우물에 갈 때 잘 보이도록……

미사오 씨는 시집을 간 곳이 얼마나 유복한지 할머니에게 말했다.

"음, 음. 좋겠구나. 참 행복하겠어. 남편을 잘 모시고 내조
도 잘해야 해."

할머니는 미사오 씨를 축복하고, 친절한 조언도 아끼지 않
았다. 또 자신의 형편과 부강에서의 지위 등등도 자랑스럽게
말했다. 그런 이야기들이 하루이틀 계속되었다. 미사오 씨가
머무는 동안 할머니는 그녀를 데리고 정원을 산책하거나 소유
지를 보여주거나 하며 지냈다.

나에 대해서도 이야기하는 듯했다. 미사오 씨는 나를 곁눈
질하며 제대로 말을 붙이려고도 하지 않았다. 나는 마시오 씨
를 미워하지는 않았지만 그다지 좋은 느낌을 가진 여자라고
는 생각하지 않았다.

부강에서 십 리 정도 떨어진 곳에 미사오 씨의 지인이 살고
있었다. 미사오 씨는 지인을 방문할지 말지 고민하는 듯했다.

"그렇다면 다녀오렴. 기차를 타고 가면 훨씬 수월하잖니."

옆에서 할머니가 부추기듯 이야기했다.

"하지만, 애가 있어서 귀찮아요."

미사오 씨는 계속 주저했다. 그것은 명백히 나를 데리고 가
서 아이를 돌보게 하려는 의도로 말하는 것이었다. 할머니는
그걸 눈치채고 미사오 씨에게 말했다.

"아이는 후미가 업고 가면 되잖니."

나는 난처해졌다. 이렇게 더운 날 젖먹이 아이를 업고, 게다
가 잘난 체하는 여왕마마 같은 여자의 엉덩이 뒤를 따라가야

하다니!

"그러게요. 그렇게 해준다면 정말 고맙겠지만……. 하지만 후미 짱이 같이 가줄까요?"

미사오 씨는 넌지시 나의 동의를 구하는 듯했다.

나는 당황한 나머지 정확한 답을 할 수 없었다. 평소의 할머니라면 소리를 지르고 화를 낼 법도 하건만, 웬일인지 그날만큼은 오히려 나의 기분을 맞추려는 듯 "같이 가주렴, 후미." 하고 명령이 아닌 부탁을 했다. 그리고는 미사오 씨가 없는 데서 작은 목소리로 온화하게 말했다.

"그래, 싫으면 싫다고 말해. 싫다는 걸 무리하게 시키지는 않을 테니까."

따뜻한 말에 굶주리고 있던 나는 할머니의 말을 듣자 묘하게도 솔직한 기분이 되었다. 할머니의 가슴에 안겨 울고 싶은 기분까지 들었다. 아이가 어머니에게 어리광을 부리는 기분으로 나는 분명하게 답했다.

"실은 나, 가지 않아도 된다면 가고 싶지 않아요."

"뭐라고?"

할머니는 돌연 울화통을 터트렸다. 그리고는 내 멱살을 잡고 밀쳤다. 불의의 습격을 당한 나는 마루에서 땅바닥으로 떨어지고 말았다. 그런 모습을 기분 좋은 듯 바라보며 할머니는 평소와 같이 욕설을 퍼부었다.

"뭐야? 가고 싶지 않다고? 조금만 잘 대해주면 금세 기어올라 이 모양이라니까. 가고 싶시 않은 것도, 가고 싶은 것도 네가 선택할 순 없어. 가는 게 당연한 거야. 코흘리개 농부 아이도 돌보던 주제에. 하지만 정 가고 싶지 않다면 무리하게 부탁하지는 않을 거야. 네가 가지 않아도 나는 전혀 불편하지 않아. 대신 넌 더 이상 우리 집에 있지 못해. 자, 나가. 지금 당장 나가줘."

할머니는 어느새 게다를 신고 내 옆으로 와 있었다. 그리고는 나를 질근질근 밟기도 하고 차기도 했다.

나는 쓰러져 누운 채 멍하니 있었다. 할머니는 부엌으로 뛰어갔다가 다시 돌아와서는 하인이 쓰던 이빨 빠진 목기 하나를 내 품에 쑤셔 넣었다. 그리고 누워 있는 내 머리채를 잡고 뒷문까지 질질 끌고 가 문 밖으로 밀쳐내고는 빗장을 잠근 다음 집 안 정원으로 사라졌다.

나는 완전히 지쳐 있었다. 몸이 너무 아파 조금도 움직일 수 없었다. 조선인 두세 명이 수군거리며 지나갔지만 나는 일어나지도 못하고 엎드려 힘없이 울기만 했다.

하지만 언제까지 울고 있을 수만은 없었다. 지나가는 사람은 아무도 없었다. 집 안에서 불러주는 사람도 없었다. 내가 기댈 곳은 할머니가 품속에 쑤셔 넣은 목기 하나밖에 없었다. 내가 의지할 곳은 너무나도 미약하였다.

'그래, 역시 돌아가서 비는 수밖에 없어.' 이렇게 생각한 나는 용기를 내 일어섰다. 그리고 비틀거리며 벽을 따라 앞문까지 가서는 집 안으로 들어갔다.

옷소매를 걷어붙이고 더러워진 마루를 열심히 닦기 시작했다. 할머니는 나를 보자 곧장 고 씨를 불러 내가 닦던 마루를 닦게 했다. 나는 설거지를 시작했다. 그러자 할머니는 나를 밀쳐내고 직접 설거지를 했다. 마당을 쓸기 시작하자 할머니는 아무런 말도 없이 내 손에서 빗자루를 빼앗았다.

나는 절망한 들개처럼 힘없이 나의 보금자리인 방으로 들어갔다. 맥없이 누워 영혼이 빠져나간 인형처럼 벽에 바른 신문지를 보고 있다가 문득 내 처지가 서러워 눈물이 났다.

오랜 고통의 시간을 보내고 나니 어느덧 저녁이 되었다.

할머니는 내 방과 뜰 사이에 있는 몸채 처마 밑에서 풍로를 꺼내어 튀김을 만들기 시작했다. 기름 냄새가 주린 뱃속으로 가득히 들어왔다. 생각해보니 아침부터 나는 아무것도 먹지 않았던 것이다.

고 씨의 작은아들이 남은 음식을 담았던 소쿠리를 비우고 돌려주러 몸채에 왔다.

"가지고 왔니? 착하기도 하지."

이렇게 칭찬하며 할머니는 튀김 두세 개를 아이의 손에 쥐어주었다. 그리고 나에게 어깨를 으쓱거리며 웃어 보였다.

나는 살짝 집을 나왔다. 나와 보아도 갈 곳은 없었다. 바로 밑에 있는 조선인들의 공동 우물가로 가서는 아무 이유 없이 우물 안을 들여다보았다. 얼굴을 알고 있는 조선인 아낙네가 항아리 속에 담긴 채소를 씻으러 왔다가 나를 보고서, "또 할머니에게 혼났지?" 하며 부드럽게 말을 건넸다.

나는 가만히 고개만 끄덕였다.

"불쌍해라!"

아낙네는 나의 초라한 모습을 유심히 쳐다보더니 동정하듯 말했다.

"우리 집으로 갈래? 딸도 집에 와 있어."

나는 또 울고 싶어졌다. 슬퍼서 우는 것이 아니라, 그저 큰 자비심에 마음이 녹아 감격의 눈물이 흐를 것 같았다.

"고마워요. 같이 가볼래요."라고 감사하며 나는 비슬비슬 아낙네의 뒤를 따라갔다. 아낙의 집은 고모 집 뒤 낭떠러지 위에 있었다. 거기에서는 고모네 집 안이 잘 보였다. 그래서 나는 고모네 식구들에게 들키지는 않을까 하고 걱정이 되었다.

"저기, 점심은 먹었니?"

"아뇨. 아침부터 아무것도……."

"어머나, 아침부터?"

아낙의 딸이 놀란 듯 소리쳤다.

"아이고, 불쌍해라!"

아낙도 같은 말을 재차 반복했다.

"보리밥이라도 괜찮다면 먹지 않겠니? 밥이라면 얼마든지 있어……."

이미 감정은 더 이상 숨기지 못할 정도로 고조되었고 나도 모르게 울기 시작했다.

조선에 살던 길고 긴 7년 동안 나는 이때만큼 인간의 애정에 감동한 일이 없었다.

나는 진심으로 감사했다. 먹고 싶은 마음이 굴뚝같았으나 할머니와 다른 식구들 눈이 무서웠다. 조선인의 집에서 밥을 빌어먹는 거지를 우리 집에 들여놓을 수는 없어, 하며 호통을 칠 게 분명했다. 나는 사양했다. 그리고 주린 배를 쥐고 조선인의 집에서 나왔다. 하지만 집으로 다시 돌아가고 싶지는 않았다. 뒤편 풀밭을 정처 없이 헤매며 돌아다녔다.

아무리 생각해도 방도가 없었다. 나는 다시 집으로 돌아갔다. 날은 완전히 지고, 집 안에는 램프가 켜져 있었다. 모두 다 실에 모여 앉아 화기애애하게 식사를 하고 있었다.

나는 매번 그러하듯, 다실 밖 마루에 꿇어앉아 나의 불찰을 용서해 달라고 빌었다. 대답이 없었다. 두 번, 세 번 계속해서 용서를 빌었지만 할머니네 식구들은 끝내 받아들이지 않았다.

"시끄러워. 조용히 못해?"

할머니는 냅다 소리를 질렀다.

"낮에 실컷 놀다가 해가 져서 갈 곳이 없으면 다시 집에 와서는 용서해 달라고 빌고 우는 게 네 십팔 번이야. 어떻더냐? 단 한 곳이라도 너에게 밥 한 공기 퍼주는 집이 있더냐? 우리 집도 마찬가지야. 너한테 줄 수 있는 밥은 없다."

나는 고모에게 애원해보려 했지만 고모는 선수를 치듯 할머니와 함께 나에게 욕을 하기 시작했다. 미사오 씨도 그 자리에 있었지만 물론 어떤 말도 하지 않았다.

모두 식사를 마친 듯했다. 뒷정리도 할머니와 고모가 서둘러 해치우고 말았다. 그리고는 언제나처럼 벤치를 가지고 나와 뜰에서 더위를 식혔다.

집 안에 혼자 남은 나는 뭔가 먹을 것이 없을까, 하고 찾아보았지만 헛수고였다. 할머니 방 뒤 넓은 차양 들보의 금색 사각 망 안에 먹을 것이 들어 있던 것을 간신히 생각해내고 살짝 들여다보았지만, 안에는 아무것도 없었다. 이번에는 부엌 구석에 있는 살강을 소리 죽여 살펴보았지만, 거기에도 먹을 것은 없었다. 평소와 달리 설탕 항아리도 비어 있었다.

나는 다시 방으로 돌아왔다. 방 안에 들어가 손으로 더듬더듬 이불을 펴고 모기장을 쳤다. 잠옷으로 갈아입을 여력도 없이 그대로 누웠다.

뜰에서는 이웃 미나미(南) 부부의 웃음소리와 이야기 소리가 섞여 들려왔다. 그 소리가 귀에 들려 좀처럼 잠을 이룰 수 없었다.

나는 할머니와 식구들을 증오했다. 또 나 자신이 한 일이 그렇게 잘못된 것일까, 생각해보았다. 잘못한 점이 있다면 그것이 무엇인지 알고 싶었지만, 내가 무엇을 잘못했는지 알 수 없었다. 한 시가 지나서야 겨우 잠들 수 있었다.

다음 날, 눈을 떴을 때는 이미 해가 높아져 있었다. 고 씨는 평소와 같이 마당 쓸기에 여념이 없었고, 할머니는 부엌에서 아침 준비를 하고 있었으며, 고모는 평소에 내가 하던 방 청소와 장지문 먼지떨기를 하고 있었다.

'용서를 구한다면 지금이 기회야. 지금 나가서 무슨 욕을 듣더라도 일을 하면 분명 용서해주실 거야. 그래. 지금 기회를 놓치면 끝장이야!'

하지만 나의 몸과 마음은 완전히 지쳐 있었다. 아무리 일어나려고 해도 힘없이 쓰러질 뿐이었다.

전전날 먹은 저녁을 마지막으로 아무것도 먹지 않았던 탓에 배가 고픈지도 모를 정도였고, 몸에는 기운이 하나도 남아 있지 않았다. 일어나서 일하기는커녕, 다리도 들 수 없는 지경이었다.

그 사이 아침식사도 끝나버리고, 미사오 씨와 고모부는 외출하였으며, 할머니와 고모는 채소밭에 나가 있는 듯 집 안은 고요했다.

결국 나는 기회를 놓친 것이다.

"아아, 이제 어쩔 수 없구나!"

나도 모르게 한숨이 났다. 그리고 "에이, 나도 몰라." 하며 자포자기 심정으로 운명에 맡겨버렸다. 오히려 마음이 편안해졌다. 무거운 몸으로 몸부림을 치기도 하고, 발을 이불 위에 올려놓고 천장을 바라보며 몽롱한 정신으로 몇 시간을 보냈다.

언뜻 소리가 들려 눈을 떠보니 그것은 그릇이 덜그럭거리는 소리였다. 벌써 점심시간인 듯했다.

"이번에야말로." 하며 나는 겨우 일어났다. 눈앞이 어질어질 하는 현기증에도 나는 모두가 모여 식사하는 곳으로 걸음을 옮겼다. 그리고 또 머리를 바닥에 조아리며 "제가 잘못했어요. 앞으로는 결코 이런 일을 하지 않겠어요." 하며 진심을 다해 용서를 구했다.

아니, 진심을 다했다기보다 목에 칼이 들어오기 직전의 죄인이 있는 힘을 다해 목숨을 구걸하듯, 그런 진지함을 가지고 용서를 구했다.

아아, 그러나 결국 모든 것이 소용없었다. 정성이 지극하면 하늘도 움직인다 했건만, 할머니와 고모는 그 하늘이 아니었던 것이다.

"오늘 찬은 꽤 괜찮은 편이구나."

할머니와 고모는 모르는 체 딴전을 부렸다. 내 말이 귀에 들어오지 않는다는 듯……

"자신이 한 일이 나빴다면 왜 아침 일찍 일어나 일을 하지 않은 거냐. 너는 진정으로 뉘우치지 않은 거야. 그런 마음으로 나와 할머니에게 빌어봐야 소용없다."

고모는 나를 쏘아보며 말했다.

어떤 대답이 돌아올지 대충은 짐작하고 있었지만, 딱 잘라 거절당하고 나니 더 이상 기운을 낼 수가 없었다. 힘없이 방으로 들어가 또 엎드려 울었다. 눈물도 이미 마른 듯했다. 벽에 등을 기대고 앉아 나는 잠시 동안 쭉 뻗은 다리를 바라보고 있었다.

그러자 텅 빈 마음속에서 '죽음'이라는 단어가 느닷없이 고개를 내밀었다.

"그래. 차라리 죽어버리자……. 그게 훨씬 나을지 몰라."

이렇게 생각한 순간, 나는 완전히 구원받은 기분이었다. 아니 완벽하게 구원받았다. 몸과 마음에 힘이 넘쳐흐르기 시작했다. 시들었던 손과 발이 싱싱해졌고, 기운도 차릴 수 있었다. 공복 따위는 영원히 잊을 수 있을 것 같았다.

12시 반 급행은 아직 지나가지 않았을 터. 그래. 그렇게 하자. 눈을 감고 단숨에 뛰어들면 돼. 하지만 이 모습은 너무 초라하기 짝이 없어. 그 순간에도 나는 이런 생각을 했다. 그래서 급하게 속치마만 갈아입고 방 안 구석의 옷상자 속에서 긴소매 겉옷과 폭이 좁은 모슬린 오비를 꺼내 작게 접어 보자기에 쌌다. 서두르지 않으면 시간 안에 도착하지 못해. 보자기를 겨드랑이에 숨기고 뒷문으로 나왔다. 그리고 단숨에 달렸다. 모든 것을 버리고, 죽음이라는 구원의 세계로. 시원하고 개운한 마음으로…….

역 근처 동쪽 건널목에 도착했다. 시그널은 아직 내려와 있지 않았다. 시간을 잘 맞춘 듯했다. 곧 오겠지.

고모네 집 동쪽 돈대에서 보이지 않도록 건널목 근처 제방 밑에 숨어 옷을 갈아입었다. 입고 있던 옷은 둘둘 말아 보자기에 싸서 제방 옆 풀숲에 아무렇게나 던져 넣었다. 그리고 제방 밑에 숨어서 기차를 기다렸다. 하지만 시간이 지나도 기차는 오지 않았다. 나는 기차가 이미 지나갔다는 걸 겨우 알아차렸다.

갑자기 지금이라도 곧 누군가가 쫓아와 붙잡을 것 같아 미칠 것만 같았다.

"어떻게 하지…… 어찌하면 좋을까……."

하얘진 머리가 재빠르게 움직이기 시작했다. 나는 다른 방법을 생각해냈다.

"백강! 백강으로! 바닥을 알 길 없는 푸른 강 밑으로……."

나는 건널목을 건너 달리기 시작했다. 제방과 가로수와 밭을 따라, 뒷길을 통해 몇 리나 되는 길을 지나, 백강 못이 있는 구 시장 쪽을 숨도 쉬지 않고 달렸다.

못 주변에는 다행히 아무도 없었다. 나는 한숨을 돌리고는 자갈 위에 쓰러졌다. 햇볕에 달구어진 자갈이 뜨거웠지만 아무것도 느낄 수가 없었다. 가슴의 고동이 가라앉자 나는 일어나 자갈을 소매 속에 넣기 시작했다. 소매가 꽤 무거워졌지만, 자칫하면 자갈이 빠져나올 것 같아 붉은 모슬린 속치마를 벗어 그 안에 돌을 집어넣었다. 그리고는 몸에 허리띠처럼 감았다.

준비는 끝났다. 나는 물가의 버드나무를 잡고 못 속을 들여다보았다. 물은 검푸른 기름처럼 잔잔했다. 잔물결 하나 일지 않았다. 가만히 들여다보자니, 전설 속의 용이 물속으로 뛰어드는 나를 기다리고 있는 듯했다. 어쩐지 불안했다. 다리가 부르르 미미하게 떨렸다. 돌연 머리 위에서 매미가 울기 시작했다.

나는 다시 한 번 주위를 둘러보았다. 이 얼마나 아름다운 자연인가. 나는 다시 귀를 기울였다. 이 얼마나 평화로운 고요함인가.

"아아, 이별이다. 산과도, 나무와도, 돌과도, 꽃과도, 동물과도, 이 매미 울음과도, 모두와 헤어진다……."

그렇게 마음을 먹은 찰나, 갑자기 슬퍼졌다.

할머니와 고모의 무정함과 냉혹함과는 이별할 수 있다. 하지만, 하지만 세상에는 아직 사랑해야 할 것들이 무수하게 남아 있다. 아름다운 것들이 너무 많다. 내가 사는 세상은 할머니와 고모네 집만이 아니다. 세상은 넓다.

어머니, 아버지, 여동생, 남동생, 고향 친구들, 지금까지의 모든 일들이 머릿속에 펼쳐져 그리워졌다.

나는 죽는 것이 싫어졌다. 버드나무에 기대어 조용히 생각에 잠겼다. 내가 만약 여기서 죽어버린다면 할머니는 나에 대해 뭐라 말할까. 어머니와 세상 사람들에게 내가 무엇 때문에 죽었다고 말할까. 어떠한 거짓말을 늘어놓아도 나는 더 이상 "그게 아니에요."라고 변명조차 하지 못한다.

이런 상상을 하자 나는 "죽어서는 안 된다."라는 생각이 들었다. 그렇다, 나처럼 고통받고 있는 사람들과 함께 고통을 주는 사람들에게 복수해야 한다. 그렇다, 죽어서는 안 된다.

나는 다시 강가 자갈밭으로 갔다. 그리고 소맷자락과 몸에

감은 속옷에 들어 있던 자갈을 하나둘 내던졌다.

16

나이 어리고 불쌍한 소녀는 죽기로 결심했지만 죽지 못했다. 싱싱한 풀과 같이 자라야 할 나이에 죽음으로 구원받고자 한 것도 모자라, 복수라는 단 하나의 희망을 품고 살아간다는 것은 얼마나 무섭고 또 슬픈 일인가.

나는 죽음의 문턱에 한 발을 들여놓았지만 다시 발길을 돌렸다. 그리고 지옥과 같은 고모네 집으로 돌아갔다. 나에게는 단 하나의 희망의 빛줄기—우울한 검은빛—가 생겨났다. 그리고 어떠한 고통에도 견딜 수 있는 힘을 가지게 되었다.

나는 더 이상 아이가 아니었다. 가슴에 가시를 지닌 작은 악마와도 같았다. 지식욕이 맹렬하게 샘솟았다. 일체의 지식에 대한 욕구. 세상 사람들은 어떻게 살아가고 있는가, 세상에는 대체 어떠한 일들이 일어나고 있는가, 인간세계만이 아니라 곤충과 짐승의 세계, 풀과 나무의 세계, 달과 별의 세계, 말하자면 대자연의 세계에서는 어떠한 현상이 일어나고 있는가가 궁금했다. 학교 교과서가 가르쳐주는 그런 시시한 지식이 아니라.

학교에서는 운동과 놀이를, 집에서는 일체의 자유를 송두리째 빼앗긴 나였지만, 나의 가슴에 숨 쉬는 생명력은 그러한 것들로 인해 위축될 만큼 연약하지 않았다. 생명의 의욕! 그것을 어딘가에 발산할 수 있는 배출구를 만들어야 했다.

그 무렵이었다.

어느 날, 평소와 같이 아이들은 즐겁게 놀고 있었고 나는 그 모습을 교사 벽에 기대어 따분하게 지켜보고 있었다. 그때 어딘가에서 헌 잡지를 가지고 한 친구가 나타났다.

"그거, 뭐야?"

나는 친구에게 물었다.

"소년세계."

친구가 대답했다.

"재밌어?"

"응, 재밌어."

나는 그 잡지가 읽고 싶어 견딜 수 없었다.

"잠깐 보여줘……. 빌려줄 수 있어?"

"빌려줄게."

책을 받아 들고 나는 첫 장부터 읽기 시작했다. 아이들이 놀고 있는 동안, 빨려 들어가듯 탐독했다. 무엇 하나 재미나지 않는 글이 없었다. 수업시간에도 이 책을 잊을 수가 없었다. 방과 후에도 잠시 동안은 교실에 남아 책을 읽었다. 귀가하는 도중에도 느릿느릿 소처럼 걸으며 책을 읽었다. 집에 가서도 잠깐 틈을 내 숨어서 읽었다.

물론 할머니에게 들켜 혼나기도 했지만, 아무리 해도 단념할 수가 없었다. 그래서 집에서는 읽지 않기로 하고 등하굣길,

수업 후 쉬는 시간에 읽었다. 심지어는 수업시간에도 몰래 읽곤 했다. 그리고 차례차례로 여러 친구들에게서 잡지와 책을 빌려 읽었다.

힘든 것은 학교가 파한 다음이었다. 나는 종일 집에 있어야 했기 때문에 누군가에게서 책을 빌리는 일은 불가능했다. 책을 읽을 수 있는 방법이 어디 없을까, 골똘히 그 생각만 했다. 그때 이웃집 여자아이가 매달 구독하는 '부녀계(婦女界)'와 같은 잡지를 들고 왔다. 나는 그걸 빌렸다. 그리고 지난 호가 있으면 모두 빌려 달라고 부탁했다. 여자아이는 지난 일 년치 정도의 잡지를 들고 와 할머니가 보는 앞에서 나에게 빌려주었다.

나는 기뻐서 어쩔 줄 몰랐지만 할머니의 표정을 보고서는 주저하고 말았다. 할머니가 그 아이 앞에서 고맙다며 인사하고 받아주었기에 나는 공공연히 그 책을 읽을 수 있었다. 한두 권 읽을 때까지는 할머니와 식구들이 묵인해주는 듯했지만, 결국 할머니는 말을 꺼냈다.

"후미에게 책을 읽도록 허락했더니 집안일은 제쳐두고 책에만 정신이 팔려 못 살겠어. 가만히 보고 있자니 점점 더 심해져. 이제부터는 어떤 책도 읽지 못하게 해야겠어."

물론 고모도 동의했다.

"아, 그건 안 되는데."

나는 금방이라도 울음을 터트릴 듯이 "그럼 낮에는 책을 읽지 않을 테니 밤에만이라도……" 하고 응석을 부리듯 애원해보았다.

하지만 할머니와 고모는 들으려 하지 않았고, 읽다 만 책을 모두 빼앗아 책 주인인 여자아이에게 듣기 좋은 소리로 둘러대며 돌려주었다.

그 이후 내가 읽을 수 있는 글은 단지 신문뿐이었다. 하지만 그 신문조차 읽는 것이 허락되지 않았다. 아이는 신문 같은 걸 읽으면 안 된다는 게 할머니와 고모의 '고상한 의견'이었다.

나는 여기저기 기사를 골라 소리 내어 읽는 할머니의 목소리로 신문의 내용을 파악하려 했다. 가끔 곁눈질로 표제만 몰래 읽어보기도 했고 또 아침저녁 청소시간을 이용하여 오른손으로는 장지와 책장의 먼지를 털고 왼손으로는 신문을 들고 연재소설을 읽기도 했다. 흥미로운 기사가 있으면 살짝 변소에 가지고 들어가 읽기도 했다.

고모부의 빈약한 책장에는 서적이 몇 권인가 있었다. 나는 평소부터 그 책들을 읽고 싶었지만 기회가 없었다. 그러던 어느 날 고모 부부가 여행을 간 사이 나는 이때다 싶어 책장에서 책 한 권을 꺼내 왔다. 그것은 안데르센 동화였다. 나는 그다지 동화에 흥미를 가지고 있지는 않았지만 고모부의 책장에는 그런 것들밖에 없었기 때문에 도리 없이 그걸 읽었다. 가지고는 왔지만 할머니의 눈을 피해 읽는 것은 쉬운 일이 아니었다. 하루이틀은 무사히 지나갔지만 사흘째 오후, 짬을 보아 뒷밭 구석 변소 옆에서 정신없이 책을 읽고 있는데, 할머니가 언제나 그러하듯 발소리를 죽이며 다가왔다. 나는 조금도 알아 차리지 못했다.

"후미, 이 나뭇가지를 좀 잘라보거라."

할머니는 날카로운 목소리로 나를 불렀다. 너무 놀란 나머지 황급히 책을 품속에 넣었다. 46배판 400쪽에 달하는 두꺼운 책 때문에 품은 부풀어올랐다. 그것을 보고 할머니는 재빨리 책을 낚아챘다. 그리고 "이 도둑년!" 하면서 나를 도둑 취급하며 말을 이어갔다.

"아버지가 소중히 여기는 책을 훔치다니 대체 너는 어떻게 돼먹은 아이냐. 만약 더럽히거나 찢어지면 무슨 말로 변명할 작정이었어. 참으로 무서운 아이로구나, 너는……."

할머니와 식구들에게 있어서 책이란 읽는 것이 아니라 장식용이었던 것이다.

할머니는 책을 가지고 방으로 들어갔다. 그리고는 허둥지둥 고모부의 빈약한 책들을 벽장에 넣고 자물쇠로 채워버렸다.

결국 나는 마지막 친구이자 세계인 모든 책들과 멀어지고 말았다. 학교를 졸업하고 할머니 집을 떠나기 전까지 2년간 나는 어떠한 글도 읽을 수 없었다. 내가 읽을 수 있는 글자라고는 내 방 벽에 발린 헌 신문지 조각밖에 없었고, 나는 그것을 매일같이 읽어서 외울 수도 있을 정도였다. 고모네 식구들은, 아이는 신문을 읽으면 안 되는 고상한 규칙을 내세우면서도 내 방—여기에 대해서는 나중에 이야기하겠지만—에는 헌 신문을 발랐다. 정말 우습다. 신문을 바른 이유는 간단하다. 식모 방에 돈을 들이는 것은 바보 같은 짓이기 때문이다. 헌 신문으로 충분했다. 단지 이런 이유였다. 고모네 식구들은 아무리 '고상한 규칙'을 정하더라도 자신들의 이익 앞에서는 아무렇지도 않게 그것을 짓밟으며 어겼다.

<h1 style="text-align:center">17</h1>

이러한 생활이 이어지던 가운데, 어찌됐든 나는 열네 살 되던 해 봄에 고등소학교를 졸업했다.

할머니는 고슈에서 나를 조선으로 데리고 올 때 약속했던 여자대학은커녕 여학교에도 진학시켜주지 않았다. 고등소학교는 내가 누릴 수 있는 최대한의 교육이었다. 아니, 고등과의 수업료가 심상과와 같이 40전이 아니었다면, 그리고 체면상의 문제만 없었더라면 나는 더 일찍 학교를 그만두어야 했을 것이다.

졸업 후의 일상은 견디기 힘들었다. 학교에 다닐 때에는 반나절 정도 할머니로부터 벗어날 수 있었지만, 지금은 어쩔 수 없이 아침부터 저녁까지 나의 모든 생활을 할머니의 고약한 감시 속에서 보내야만 했다. 지금 생각해보아도 이렇게 감옥 안에 갇혀 있는 것보다 훨씬 힘든 생활이었다고 말할 수 있다.

소학교를 졸업한 직후, 아마 그해 여름이었을 것이다. 할머니는 집 뒤에 있는 광의 봉당에 소나무로 마루를 만들고 그 위에 두세 장의 헌 다다미를 깔아 방으로 만들어 나에게 주었다. 그 방을 식구들은 뒷전에서 '식모 방'이라고 불렀다. 결국 나는 말 그대로 식모로 전락하고 만 것이다.

식모 방은 할머니의 방과 마주보고 있었다. 한쪽 벽 옆은 장작창고였고, 내 방은 광의 일부였다. 넓이는 다다미 석 장 정도여서 혼자 지내기에는 충분했지만, 원래 광으로 쓰던 터라 내가 쓰기 시작한 후에도 반은 창고로 사용되었다. 봉당 입구에는 양동이와 절임통, 항아리들이 어지럽게 놓여 있었고, 방안 선반에는 밥통, 상자, 신문지로 싼 자질구레한 물건들이 가득 차 있었다. 내 물건이라고는 고작 옷을 넣어두는 상자와 더럽고 색이 바랜 이불이 전부였고, 책상은 물론 방석 하나 없었다. 어둡고, 눅눅하고, 곰팡내 나는 음침한 방이었다. 창문은 할머니 방을 향하고 있는 벽에 장지 반 장 정도의 구멍이 다였다. 그렇게 구질구질한 방에서 나는 낮에도 밤에도 보잘것없는 살림 도구들과 함께 지냈다. 몸채에 일이 없는 한, 나는 이 음침한 방에서 혼자 시키는 대로 옷 솔기를 뜯으며 보냈다.

하지만 나는 결코 이 방의 구질구질함을 싫어하지는 않았다. 나는 어느 정도 가난과 고난에 익숙해져 있었다. 단지 나는 '식모 방'에서 보내는 생활의 무의미함에 초조함을 느꼈다.

함께 학교를 졸업한 친구들 가운데는 상급학교에 진학한 이도 있었고 직업을 구해 자활의 길을 모색하는 이도 있었다.

그 외 다른 아이들도 각자 미래에 대한 준비에 여념이 없었다. 그런데 나는 지금 이 '식모 방'에 갇혀 고모네의 하찮은 일들을 하고 있을 뿐, 무엇 하나 살아가는 데 필요한 것을 배울 길이 없었다. 나는 특별히 꽃꽂이나 다도, 무용 등과 같은 고상한 취미를 배우고자 하는 것은 아니었다. 하지만 적어도 보통의 가정에서 필요한 재봉이나 예절 정도는 알아두고 싶었다. 무엇보다 책을 읽고 싶었다. 하지만 이 모든 바람은 무시당하고 또 금지되었다. 가끔 바느질을 하는 경우가 있기는 했지만, 그것은 단지 필요에 의해서일 뿐, 재봉과는 거리가 멀었다.— 우리는 학교에서 좋은 선생님을 만나지 못해 재봉을 거의 배우지 못했다고 해도 과언이 아니다.— 요리도 마찬가지로, 내가 하는 일이란 기껏해야 밥을 짓거나 미소시루를 만드는 것에 불과했다. 즉, 나는 할머니 집에서 그때그때 일거리를 도와주는 사람에 지나지 않는 존재였다. 할머니와 고모는 나에게 한 여자로서 가져야 할 마음가짐조차 가르쳐주지 않았다. 할머니도 고모도 친절이라고는 손톱의 때만큼도 가지고 있지 않았다.

젊은 생명은 쑥쑥 자라고 싶었다. 하지만 누구 하나 자라도록 도와주는 이가 없었다. 나는 달랠 길 없는 초조함을 느꼈다. 이대로, 이 곰팡내를 숨이 막힐 정도로 마시면서 이 식모 방에서 평생을 지내야만 하는가, 이런 불안감에 항상 떨어야만 했다. 결국 나는 신경쇠약에까지 이르게 되었다.

분명 나는 불면증에 시달렸다. 일을 하면 머리가 무겁고 몸이 노곤하여 졸면서도, 정작 밤에 잠을 청하면 좀처럼 잠이 들지 않았다. 한 시, 두 시, 때로는 세 시까지 잠들지 못하는 날이 많았다. 이리저리 몸을 뒤척이며 잠을 청하면 청할수록 머리가 맑아져 결국에는 신경이 곤두서는 것을 느꼈다. 가끔은 밤새도록 한숨도 못 자는 날도 있었다. 그런 다음 날에는 몸이 피곤해 기분이 무거운 것은 물론, 두통에도 시달렸다. 막연한 불안이 끊임없이 엄습해왔다. 어두운 생활이 한층 더 어둡게 느껴졌다.

18

생각해보면 나는 조선에 온 이후로 줄곧 학대받은 것 같다. 조선에 있는 동안 나는 단 한 번이라도 할머니와 고모네로부터 애정을 받은 적이 없었다. 이에 대해서는 지금까지 내가 쓴 기록을 통해 잘 알 수 있을 것이다. 하지만 내가 지금까지 이야기한 것은 불행한 역사의 일부분에 지나지 않는다. 그것도 가장 대표적인, 가장 잔혹한 이야기를 제외한 일부분이다. 나는 일부러 그러한 것들을 언급하지 않았다.

그런 일들을 이야기하면, 내가 거짓말을 하고 있다고 오해받을 수도 있기 때문이다. "이제 지긋지긋해. 말하자면 그건 네가 주눅 들어 있었기 때문이야. 모두 너의 비뚤어진 성격 탓

이야. 아무리 냉혹한 할머니라도 설마 그 정도까지 했을까."라
는 식의 이야기를 들을 것 같기 때문이다.

줄잡아 이야기한 것만으로도 이미 그렇게 생각하는 이가
많을 것이다. 그리고 나는 결코 내가 주눅이 들어 있다거나 성
격이 비뚤어져 있다고는 생각하지 않는다. 실제로는 주눅이
들어 있고, 또 비뚤어져 있을지도 모른다. 하지만 무엇 때문에
그토록 비뚤어지게 되었을까.

어릴 때 나는 누구보다도 말괄량이였다. 남자아이들과 남
자다운 놀이를 하는 걸 좋아했다. 지금도 나는 결코 어두운 여
자도 아니고 우울하지도, 수줍음을 타지도 않는 여자이다. 그
런데도 조선에 있던 7년 동안은 전혀 반대였다.

사랑을 받지 못하고 구박을 받았기 때문에 내 성격이 틀어
지게 된 것이다. 일체의 자유를 박탈당하고 억눌렸기 때문에
꼬인 것이다. 학교에서는 그렇지도 않았지만, 집에 있을 때에
는 말 한 마디를 하더라도 조심, 또 조심하게 되었다. 지금은
이렇게 거침없이 말할 수 있지만, 당시에는 결코 그럴 수가 없
었다. 나는 먼저 할머니와 고모의 기분을 살폈다. 그리고 그들
의 기분이 상하지 않도록 주의하며 말했다. 아니, 말뿐만이 아
니라 모든 행동도 그러했다. 그 때문에 나는 결국 거짓말을 하
게 되었고 겉과 속이 다른 행동을 하였으며 마지막에는 물건
을 훔치는 일까지 하게 되었다. 루소가 『참회록』에서 고백하
듯, 나 또한 무참한 학대 끝에 비뚤어지고 비뚤어져서 결국에

는 도둑질까지 하게 된 것이다.

훔치는 일이 좋은 것인가, 나쁜 것인가 하는 데 대해서 지금 말하지는 않겠다. 하지만 철저하게 진실함, 솔직함, 정의로움을 구하는 나로서는 남의 물건을 탐하여 훔치는 일은 어떠한 경우에도 있어서는 안 된다고 생각하며, 물론 훔치지도 않는다. 조선에서 도쿄로 돌아온 후, 어떤 힘든 상황에서도 나는 남의 볏짚 부스러기 하나 몰래 내 것으로 하지 않았다. 그런 내가 할머니 집에 있을 동안에는 도둑질까지 하게 된 것이다.

어째서 내가 그렇게 야비한 성미가 되었던 걸까. 나는 그 제반 사정에 대해 이야기하고자 한다.

아이에게 돈을 주고 물건을 사 오도록 하는 것은 천하고 가난한 이들이 하는 짓으로, 품위 있는 부자 계급이 할 일이 아니다, 하는 것이 할머니와 고모네의 처세철학이자 긍지이기도 했다. 그 때문에 나는 물건을 사기 위한 돈을 가져보지 못했다. 보통은 가족 중 누군가가 사 왔고, 그렇지 않으면 외상을 했다.

그러나 이러한 규칙은 나에게만 적용될 뿐, 고모네 식구들이 필요한 것을 살 때에는 그렇지 않았다. 특히 내가 학교를 졸업한 후, '식모 방'에서 살기 시작했을 때부터는 더욱 그러했다. 고모네 식구들이 나에게 돈을 쥐어주고 물건을 사 오라고 심부름을 보냈던 것이다. 장이 서는 날이면 반드시 그렇게 했다.

조선의 시골에는 보통 한 달에 대여섯 번 장이 선다. 부강에는 음력으로 16일에 섰다.

예전에는 시장이 백강 근처에 있었고 조선에서도 손꼽힐 정도로 큰 규모였지만 철도가 지나가게 된 후에는 부쩍 사람이 줄었다. 장소도 마을 중앙으로 옮겨져 겨우 3, 4리 이내에 있는 마을 사람들이 모일 뿐이었다. 그렇다고는 하지만 역시 천, 이천 명의 사람이 모여들었다. 그러한 사람들을 대상으로 정육점, 음식점, 포목점이 들어서고, 과자, 약, 채소 등 갖가지 물건을 가지고 사방팔방에서 가게를 열었다. 물론 일본 소상인들은 이런 좋은 기회를 놓치지 않았다. 주민들 또한 대부분이 저렴한 물건을 사기 위해 시장에 모여들었다.

훌륭한 가문인 고모네는 이런 곳에 가게를 여는 비천한 일은 하지 않았다. 게다가 '천한 여편네'들과 같이 몸소 시장에서 물건을 사는 것도 창피하게 생각하였다. 그렇지만 누구보다도 인색한 그들은 시장에서 물건을 싸게 구입하고자 했고, 그것은 언제나 내 역할이었다. 그리고 이것이 내가 어쩔 수 없이 도둑질을 시작하게 된 단 한 가지 이유였다.

아마도 내가 열네 살이던 겨울이었을 것이다. 그 무렵은 생선이 귀해 값이 비쌌기 때문에 고모네에서는 생선 대신 가능한 달걀을 많이 사용하여 정월 음식을 만들고자 했다. 달걀 시세는 보통 10개에 10전 내외였다.

나는 장이 열리는 날마다 달걀을 사러 장에 갔다. 내가 장에 갈 때마다 할머니는 "흥정을 잘해서 되도록 싸게 사 와야 한다. 비싼 걸 사서는 안 돼." 하고 주의를 주었다. 어린 내가 흥정을 잘 할 리가 없었다. 그보다 물건이 비싼지 싼지 도무지 알 수 없었다. 가끔은 싸게 사 오는 날도 있었다. 그러면 할머니는 "음, 이건 싸게 샀구나." 하며 흡족해했지만, 대부분은 "조금 비싼 것 같은데." 하며 언짢아했다.

어느 날도 나는 시키는 대로 달걀을 사 왔다. 그러자 할머니는 달걀을 손바닥에 올려놓고는 눈으로 크기를 재보며 말했다.

"이 달걀은 몹시 작구나. 그러니까 비싸게 산 거야. 조금 전 미우라네 부인이 시장에서 오면서 오늘은 달걀이 엄청 싸다고 하던데…… 혹시 풀빵이라도 사 먹고 오는 건 아니냐? 가난한 집 아이들과 어울려서?"

이 무슨 무자비한 처사인가. 나는 깎을 수 있는 만큼 깎았다. 상대가 짜증스러워할 만큼, 내가 부끄러워질 만큼 깎았다. 사고 난 후에도 비싸게 산 것은 아닌가 하고 다른 사람에게 얼마에 샀는지 물어보기도 하고, 돌아오는 길에는 몰래 볏짚 꾸러미를 들추어보며 크기를 비교해보기도 하면서 할머니 마음에 들기 위해 무척 애썼다. 그런데도, 그런데도 역시 나는 비싸게 산 것일까. 할머니는 무엇 때문에 나의 속을 떠보는 것일까.

하지만 뭐라 해도 나는 아직 어렸다. 사실, 대부분의 경우 무엇을 사더라도 어른들과 같이 싸게 살 수는 없는 노릇이었다.

나는 그것이 고통스러웠다. 어떻게 하면 할머니 마음에 들

수 있을까. 이리저리 고민하던 끝에 한 가지 방법이 떠올랐는데, 그것이 바로 도둑질을 하게 된 유일한 동기이다.

시장에 가는 날이면 나는 먼저 집안 식구들의 눈에 띄지 않게 몰래 용돈이 들어 있는 상자 속에서 동화 일고여덟 개를 훔친다. 그리고 그것을 오비 사이에 몰래 넣어두었다가 시장에서 돌아올 때 남은 동전과 합쳐 할머니에게 주는 것이다.

그럴 때 할머니는 물론 웃음을 보였다. 기뻐하지는 않았지만 화난 표정은 짓지 않았다. 이후로 한두 달간은 이런 방법으로 할머니의 환심을 살 수 있었다. 물론 마음속으로는 몹시 불안했다. 언제 발각될지 모른다고 생각하니 벌벌 떨렸다. 뿐만 아니라 사정이 좋지 못한 날도 있었다. 용돈 상자 속에 은화만 있고 동화가 없는 날도 종종 있었던 것이다. 은화를 가지고 가면 동전이 없어진 표시가 나서 발각될 위험이 크다.

더 좋은 방법이 없을까, 또 고민하기 시작했다. 그리고는 또 다른 방법을 생각해내었다.

아마 열다섯 살 겨울이었을 것이다. 시장이 서는 날 아침, 나는 다른 일을 하는 척하며 뜰 앞에 있는 쌀 창고에 들어갔다.

창고 왼쪽에는 볏가마니가 높이 쌓여 있었고, 오른쪽에는 내 가슴 높이까지 현미 상자가 대여섯 개 놓여 있었다. 입구에서 가장 가까운 상자의 뚜껑을 열고 창문 틈으로 새어 들어오는 빛으로 쌀을 보았다. 평평하게 고른 쌀 위에는 손으로 '壽'라고 쓴 글자가 보였다. 이것은 하인 고 씨가 쌀을 훔치지 못하도록 할머니가 수를 쓴 것으로, 나는 예전부터 이를 알고 있었다.

쌀 위에 적힌 글자를 나는 가만히 바라보았다. 그리고 할머니가 쓴 글씨를 흉내 내어 손끝으로 따라 써보았다. 비슷하게 글을 쓸 수 있을 거라는 자신이 생겼을 때, 나는 재빨리 쌀 다섯 되를 퍼서 주머니 속에 넣었다. 주머니는 가마 뒤에 숨겨 놓고 상자 안의 쌀을 원래대로 고른 다음 연습해두었던 글자 '壽'를 할머니가 쓴 것처럼 손가락으로 써 넣었다.

드디어 시장에 갈 시간이 되었다. 주변에 사람이 없는 걸 확인하고 숨겨두었던 쌀 주머니를 뒷문에서 꺼냈다.

쌀 주머니는 물론 겉옷에 숨겨 가지고 나왔다. 그리고 식구들에게 들키지 않도록, 역시 시장으로 향하는 조선인 인파 속에 몸을 숨겼다.

시장은 여느 때와 마찬가지로 붐볐다. 사람들은 상점에서 상점으로 옮겨 다니며 물건을 사고 있었고, 상인들도 제자리를 차지하고 있었다. 나는 이미 어디에서 무엇을 파는지 대충은 알고 있었다. 어디서 무엇을 거래하는지도 잘 알고 있었다. 그러나 내가 가진 쌀을 어디에서 처분하면 좋을지 몰랐다. 빨리 돈으로 바꾸고 싶었다. 그렇지 않으면 사람들이 의심할지도 모른다. 고모부가 가끔 장에 나오는데, 만약 들키기라도 한다면 큰일이다. 쌀 시장에 가지고 갈까. 하지만 내가 가진 것은 너무 적은 양이었다. 그보다 그런 곳에 가서 흥정할 용기가 없다. 때때로 아는 사람들을 만나기도 했다. 그 사람들이 모두 할머니 집 '염탐꾼' 같은 느낌도 들었다. 나는 겁에 질려 있었다. 차라리 하수구에 쏟아버리고 말까, 하는 생각까지 하게 되었다.

우왕좌왕하는 사이에 시간은 점점 지나갔다. 벌써 4시 가까이 된 듯하다. 해가 점점 기울고 있다. 얼른 집에 돌아가야 한다. "무엇을 한 거냐. 또 뭔가 사 먹은 게지?" 하며 혼날지도 모른다.

마을 아낙네들이 물물교환하듯 물건을 돈으로 바꾸고, 그 돈으로 다시 물건을 산다는 것쯤은 나도 잘 알고 있었다. 그렇게 하면 되는 것이다. 하지만 좀처럼 용기가 나지 않았다. 나에게도 체면이라는 것이 있고, 또 아는 사람에게 들켜 할머니 귀에 들어가지는 않을까 걱정이 되었기 때문이다.

더 이상 시간은 없다. 막다른 골목에 왔다. 나는 용기를 내 다른 아낙네들처럼 해보자고 결심했다.

정신을 차려보니 안면 있는 조선 아낙네가 운영하는 음식점 앞에 서 있었다. 여기다, 여기에 들어가자, 고 생각했다. 하지만 손님이 안에 있었다. 빨리 나가주면 좋으련만. 이제 손님이 오지 않으면 좋으련만. 그렇게 마음속으로 생각하면서 나는 주변을 두세 번 맴돌았다. 그리고 겨우 손님이 다녀가고 없어졌을 때 조용히 음식점 안으로 들어가 귀까지 붉어질 정도로 부끄러워하면서, 그리고 자책감을 억누르면서 머뭇머뭇 작은 목소리로 부탁해보았다.

"저기…… 아주머니. 쌀을 사주지 않겠어요. 좋은 쌀인데……. 얼마라도 좋아요."

아낙은 놀란 듯이 내 얼굴을 바라보았다. 그 얼굴을 마주하자 한층 더 두려워졌다. 거절당하면 어쩌지? 할머니에게 말하면 어쩌나? 나는 구멍이 있으면 들어가고 싶을 정도였다.

하지만 걱정과 달리 구원의 손길을 잡을 수 있었다. 아낙이 대답했다.

"어떤 쌀인지 보자꾸나."

아아, 다행이다. 나는 가슴을 쓸어내렸다. 그리고 들고 다니기 곤란하여 정육점 뒤에 숨겨두었던 쌀 주머니를 가져와 아낙에게 보여주었다.

아낙은 쌀 주머니를 열어 한 줌 쥐어보고는, "쌀은 정말 좋구나. 양은 얼마나 되지?" 하고 물었다.

"다섯 되요."

"다섯 되가 맞네. 좋아."

쌀은 분명 다섯 되보다 많을 터이다. 주머니에 넣을 때 나는 고봉으로 다섯 되를 넣었고 그 위에 좀 더 넣었기 때문이다. 하지만 지금 그런 건 아무래도 좋다. 빨리 거래를 끝내고 조금이라도 좋으니 돈으로 받고 싶었다.

"네, 족히 다섯 되는 돼요. 하지만 돈은 얼마라도 좋아요."

아낙과의 거래가 겨우 성사되었다. 돈을 받은 나는 세어보지도 않고 거머쥔 다음 가게를 나왔다. 그리고는 인파 속에 몸을 숨겼다.

이 얼마나 딱한 사정인가. 그렇게 무서워하고 두려워하던 나는 그 후에도 몇 번이나 같은 일을 반복했다. 비싸게 산 것을 무마하고 할머니의 기분을 맞추기 위해서. 점점 얼굴이 두꺼워지는 자신이 무서우면서도…….

'만약 그때 내가 한 일이 발각되었다면…….' 지금도 가끔 그 일을 회상하면 등골이 오싹해진다. 발각된 이후의 결과를 생각하면 무섭지만, 나는 내가 한 일이 나쁘다고는 생각하지 않는다. 내가 그렇게 행동한 것은 그렇게 할 수밖에 없었던 환경 때문이었으며, 나 자신에게 큰 책임이 있다고는 지금도 생각하지 않는다. 오히려 나는 나에게 그러한 오점—오점이라고 생각하는 대목—을 남기게 한 할머니의 인색함과 인업에 무한한 분노를 느낄 뿐이다.

19

조선 생활에 대해 너무 길게 쓴 것은 아닌가, 하는 생각도 들지만 나로서는 이 정도는 써두고 싶었다. '나'라는 인간이 조선에서 햇수로 7년 동안 지내면서 어떻게 이 지경까지 비뚤어지고 위축되었는지, 알아주었으면 한다.

지금이야말로 지옥과 같은 할머니의 집과 헤어질 때라고 나는 생각했다. 나를 학대하고 들볶고, 모든 자유와 독립을 빼앗고, 내가 가진 좋은 점을 조금씩 파괴하고, 나의 성장을 저지하고, 나를 비틀고 뒤틀고 비뚤어지게 하여, 결국에는 도둑질까지 하는 여자로 전락하게 만든 할머니와 고모네 식구들의 손아귀에서 벗어날 때가 되었다고…….

열여섯 살 봄이었다. 어느 날 할머니는 방으로 나를 불러 이렇게 말했다.

"저기, 후미. 내일 볼일이 있어서 대전에 다녀오려고 해. 간 김에 네가 입을 외출복을 하나 사려고 하는데, 모아둔 돈이 있으면 주지 않겠니? 너는 돈이 필요하지 않으니까 가지고 있어도 소용이 없잖아. 무리하게 요구하지는 않겠지만, 그렇게 하는 편이 좋을 거야. 네 나이가 되도록 외출복 하나 없으면 안 되지……."

어릴 때부터 좋은 옷을 입고 싶다는 욕망은 그다지 없었지만, 제대로 된 외출복 하나 가지고 있지 않다는 말을 듣고 보니, 그런 것도 같았다. 하지만 내 돈으로 외출복을 사려 하는 할머니의 말을 들으니 기가 막혀 말도 나오지 않았다. 아무리 어려도 그것을 내 돈으로 사야 하는 것인지, 할머니가 사주는 게 당연한 것인지, 그것쯤은 분간할 수 있었다. 원래 할머니는 비단 기모노와 오비로 나를 꾀어 데려와 놓고, 언제부턴가는 그것들을 모두 사다코에게 줘버렸다. 햇수로 7년이 되도록 옷 같은 옷 하나 사주지 않고, 겨우 1엔 50전, 아니면 2엔 정도 하는 조악한 외출복을 입혀줄 뿐이었다. 그리고 학교에 보내주었다고는 하지만, 학교에서 돌아오면 일만 시키고, 학교를 졸업하고 나서 2년 동안은 식모로 쓰면서도 돈 한 푼 쥐어주지 않는 할머니가 아닌가. 그런데 이 나이가 되어 겨우 싸구려 외출복 하나 사려 하니 깨진 냄비를 변상시키고 남은 돈을 모두 내놓으란 말인가. 박한 사람들이라는 것은 알고 있었지만, 정말이지 조금의 인정도 없었다.

"저, 옷 같은 거 필요 없어요." 나는 여간하면 이렇게 말하고 싶었지만, 만약 이런 말로 할머니의 비위를 상하게 했다가는 어떤 일이 일어날지 뻔히 알고 있었기 때문에 차마 말을 꺼내지 못했다. 나는 할머니의 말대로 하기로 하고, 곧장 저축해 놓은 돈을 찾으러 갔다. 냄비 변상금을 제하고 남은 6엔과 어머니가 용돈으로 보내 준 4엔을 합하여 10엔 정도가 저축되어 있었다.

다음 날, 할머니는 약속대로 외출복 하나를 사다 주었다. 검은색 옷감에 격자무늬가 있는 옷으로, 서른예닐곱의 여자나 입을 법한, 문양도 좋지 못하고 촌스러운 옷이었다. 나는 그걸 보고 실망스러웠지만, 물론 겉으로는 "감사합니다."라고 말해야 했다.

정작 옷을 입으려니 스소마와시*도 필요했고 우라지**도 필

---

* 裾回し. 일본 옷의 옷자락 안쪽에 대는 천
** 裏地. 안감

요했다. 스소마와시는 고모가 가지고 있던 쥐색 헝겊으로 덧
대었고, 소맷부리도 고모가 가지고 있던 공단으로 해결했다.
우라지로 쓸 진홍색 천은 내 돈으로 샀다.

그러나 그런 것은 아무래도 상관이 없었다. 알 수 없는 것
은, 할머니가 갑자기 왜 이런 행동을 하는 것인가였다. 그러나
그 이유도 얼마 지나지 않아 밝혀졌다.

아마 4월 초순인 3일, 또는 4일쯤이라고 기억한다. 어느 날
일을 보고 돌아와 보니, 내 방 선반에 낡은 고리짝 하나가 놓
여 있었다. 몰래 내려놓고 안을 들여다보니 아무것도 들어 있
지 않았다. 고리짝의 터진 부분에 안쪽으로 포장지를 붙여 가
늘고 흰 실로 꿰매놓은 흔적만 보였다.

"어머나, 이걸 어디에 쓸 작정일까. 설마 나를……."

나는 그걸 보자마자 이렇게 생각했다. 왠지 날아오를 것 같
은 가벼운 기분이 들었다. 하지만 뭔가 불안하기도 했다. 나는
버림받는 것인가, 일종의 상처받은 자존심 때문에 이런 생각
을 하기도 했다.

하지만 나는 고리짝에 대해서 아무것도 묻지 않았다. 고리
짝을 보지도 못한 듯, 평소와 같이 일을 했다. 고모부가 나에
게, "너도 오랫동안 우리 집에 있었구나. 학교도 고등과를 마
쳤고, 또 결혼할 나이도 되었으니 고향 야마나시로 돌아가는
게 좋겠다. 마침 할머니가 내일 히로시마 쪽에 볼일이 있어 가
신다니 같이 갈 수 있어. 그렇게 생각하고 준비하거라."라고

말한 것은 그로부터 4, 5일이 지난 11일 아침이었다.

나는 모든 것을 깨달았다.

나도 시집갈 나이가 된 것이다. 같이 살다가 결혼을 시키게 되면 쓸데없는 돈을 낭비하게 된다. 이왕 보내려면 지금이 적기다. 마침 할머니가 히로시마에 가야 할 일이 있으니, 같이 데리고 가면 된다. 아마, 작년 말부터 이런 심산으로 나의 귀향을 정해둔 것이 틀림없다.

지나치게 초라한 행색으로 고향에 돌려보낼 수는 없는 노릇. 지난번에 외할머니댁 식구들과 마을 사람들, 우리 어머니와 약속했던 옷은 어찌되었는가, 학교는 어찌되었는가, 하고 수상쩍게 생각하기 시작하면 그간의 할머니와 고모네의 부도덕한 행동을 들키기 쉽다. 그러니까 싸구려 외출복이라도 마련하여 입히는 수밖에 없는 것이다. 그럴 작정으로 할머니는 내가 가진 모든 돈으로 옷을 마련한 것이 틀림없었다.

밥상을 정리하자 할머니는 나에게 내 방에서 고리짝과 옷가지들을 가지고 오라고 명령했다. 그것들을 가져오자 할머니와 고모는 나에게는 손 하나 대지 못하게 하고 자신들이 직접 내 옷을 하나하나 펼쳐보기 시작했다. 마치 감옥의 차입을 검사하듯 소맷자락 안을 유심히 더듬어보기도 하고 깃을 훑어보기도 했다. 그리고 나를 조선으로 데려오기 전에 할머니가 잘난 체하며 했던 말들과 지금의 대우가 다르다는 것을 속이기 위해, 낡고 해진 통소매 옷 같은 것은 제쳐두고 입을 만한 옷들만 넣었다. 그렇기는 하지만 그 옷들도 색이 바래고 누더기같이 남루했다. 거친 비단으로 만든 겹옷은 힘없이 흐물흐물했고 하오리는 가스 실로 짠 안감을 덧댄 것이었지만, 이 정도가 그나마 가장 나은 편이었다. 내가 가장 좋아했던 모슬린 홑옷은 어느새 사다코에게 보내버려 없었고, 그 대신 마음에 들지 않아 내가 있는 동안 한 번도 입은 적이 없는 고모의 홑옷 하나를 받았다. 그것마저 고모는 나에게 큰 은혜라도 베푸는 듯, "어머니, 생각해보니 아이를 낳지 못하는 건 크나큰 손해군요. 이렇게 베풀면서 돈을 써야 하니까요."라고 말했다.

할머니는 할머니대로 이제는 작아서 더 이상 입을 수도 없는 옷을 고리짝에 넣으며, "후미. 네가 전에 입던 모슬린 겉옷은 속옷으로 고쳐서 네가 보는 앞에 이렇게 넣어두니 걱정 말거라. 그리고 흰색 겉옷은 해지고 닳아 지금은 없어." 하고 설명했다. 그리고 "분명히 말해두지만, 집에 가서 조선에 있는 할머니가 좋은 옷들을 가득 가지고 온 것은 사실은 나를 꾀려고 가져온 것이다, 라고 말해서는 안 돼. 잘 들어! 네 마음가짐이 좋았다면 다 너에게 주었을 거야. 하지만 네 심보가 좋지 못해서 그걸 받을 수 없었던 거야. 말하자면 자업자득이야. 알아듣겠지?" 하며, 내가 집에 돌아가서 불평불만을 늘어놓을 수 없도록 미리 입막음을 하였다.

물론 "네." 하고 대답했지만, 마음속으로는 "나는 더 이상 어린아이가 아니에요." 하고 대꾸했다.

다음 날, 나와 할머니는 이른 점심을 먹고 집에서 나왔다.

할머니는 사다코를 여학교로 진학시키기 위해 상담할 필요가 있었고, 또 할머니의 본가이자 미사오 씨의 친정집 장남 결혼식에 초대를 받았기 때문에 히로시마행은 예전부터 정해져 있었던 것이다.

집을 떠나던 날 고모부는 나에게 정확히 5엔을 용돈으로 주었다. 그것이 이와시타가에서 받은 전액이었다. 고모가 역까지 배웅했다. 하인 고 씨도 짐을 지고 따라왔다.

기다릴 사이도 없이 기차가 왔다. 나는 할머니랑 기차에 올라탔다.

햇수로 7년이나 살던 곳을 떠나는데도, 나는 눈물 한 방울 흘리지 않았다. 불행하게도 마음속으로 이렇게 빌고 있었다.

'아아, 기차여! 7년 전 너는 나를 속이고 이곳으로 데려왔다. 그리고 고통과 시련 속에 나 혼자 두고 갔다. 그동안 너는 몇 백 번 몇천 번 나를 지나쳐 갔다. 언제나 곁눈으로 흘끗 보며 말없이 지나쳤다. 하지만 이번에야말로 너는 나를 데리러 왔구나! 너는 나를 잊지 않았구나. 아아. 어디든 데려가주렴! 얼른, 얼른! 어디든. 그저 빨리 여기에서 벗어나게 해주렴!'

저자 가네코 후미코(金子文子, 1903~1926)

1903년 1월 25일 요코하마시 출생. 아버지 사에키 분이치와 어머니 가네코 기쿠노 사이에서 장녀로 태어났지만, 출생신고를 하지 않아 '무적자'인 채로 살 수밖에 없었다. 부모의 사이가 좋지 못한 가운데, 아버지는 어머니의 여동생(이모)과 새 가정을 꾸리고, 어머니도 재혼을 거듭하면서 후미코는 친척집 등을 전전하게 되었다. 무적자인 탓에 취학 연령이 되어도 학교를 다닐 수 없어 사설 학교에서 잠시 공부하지만 그것도 생활고 때문에 오래 지속되지 못했다.

1912년, 당시 충청북도 부강에 살던 고모의 양녀가 되어 조선으로 건너가 약 7년간 생활한다. 이때 외할아버지 가네코 도미타로의 다섯째 딸로 입적한다. 고모의 양녀가 된 것도 잠시, 식모로 전락한 후미코는 가혹한 육체적, 정신적 학대 때문에 자살까지 결심한다. 후미코는 하인 고씨와 키우던 개를 심리적으로 가깝게 느꼈다. 1917년 봄에 부강고등소학교를 졸업하지만 친척들은 더 이상 상급학교로 진학시켜주지 않았다.

1919년 4월 12일 조선을 떠나 일본으로 돌아온 후미코는 1920년 봄에 상경하여 신문팔이를 하면서 학업을 병행한다. 거리 연설에서, 학교에서, 일터에서 사회주의자들과 만난 것을 계기로 사회주의에 관심을 가지게 되었고, 특히 니힐리즘에 심취하였다.

잡지 『청년조선(靑年朝鮮)』에 실린 박열의 시 「개새끼(犬コロ)」를 읽고 큰 감동을 받은 후미코는 1922년 4월경부터 박열과 동지로서 동거를 시작한다. 두 사람은 흑도회의 기관지 『흑도(黑濤)』 간행에 착수하여 1호와 2호를 발간하고, 흑도회가 해산한 이후에는 월간지 『후테이센징(太い鮮人)』(불량하고 불온한 조선사람이라는 뜻의 불령선인(不逞鮮人)을 빗대어 말함)을 발간한다. 그리고 1923년 4월에는 박열과 함께 '불령사(不逞社)'를 결성한다.

관동대지진 직후인 1923년 9월 3일, 후미코와 박열은 보호검속 명분으로 구속되고 이어 10월 10일 치안경찰법위법으로 기소된다. 1924년 2월 15일 폭발물취급벌칙 위반으로 추소, 이어 1925년 7월 17일 박열과 함께 대역죄 및 폭발물취급벌칙 죄로 기소된다. 1926년 2월 26일, 후미코와 박열에 대한 대심원특별형사부의 공판이 시작되고 3월 25일에는 사형선고를 받는다. 이어 4월 5일, 무기징역으로 감형되지만 7월 23일 우쓰노미야 형무소에서 목을 매어 자살하였다.

역자 조정민

부경대학교 일어일문학과를 졸업하고 일본 규슈대학 비교사회문화연구과에서 석사과정과 박사과정을 마쳤다. 전후 일본문학이 패전 후 연합국의 일본 점령을 어떻게 기억하였는가에 대해 관심이 많아, 같은 테마로 동 대학원에서 박사학위를 취득하였다. 박사학위논문을 한국어로 번역한 책 『만들어진 점령서사』(산지니, 2009)를 출간하였다. 지금까지 전쟁, 점령, 민족, 젠더, 언어 등의 문제가 서로 교차하면서 어떤 위계가 만들어지고 또 무너지는지에 대해 주목해왔다. 가부장적 가족제도와 군국주의적 천황제의 억압과 통제에 추상적으로 대응하지 않고, 자신만의 철학을 분명히 실천했던 가네코 후미코의 삶에 감동하여 그녀의 수기를 번역하게 되었다. 현재 부산대학교 한국민족문화연구소 HK교수로 있다.

:: 산지니·해피북미디어가 펴낸 큰글씨책 ::

문학

보약과 상약 김소희 지음

우리들은 없어지지 않았어 이병철 산문집

닥터 아나키스트 정영인 지음

팔팔 끓고 나서 4분간 정우련 소설집

실금 하나 정정화 소설집

시로부터 최영철 산문집

베를린 육아 1년 남정미 지음

유방암이지만 비키니는 입고 싶어 미스킴라일락 지음

내가 선택한 일터, 싱가포르에서 임효진 지음

내일을 생각하는 오늘의 식탁 전혜연 지음

이렇게 웃고 살아도 되나 조혜원 지음

랑(전2권) 김문주 장편소설

데린쿠유(전2권) 안지숙 장편소설

볼리비아 우표(전2권) 강이라 소설집

마니석, 고요한 울림(전2권)
페마체덴 지음 | 김미헌 옮김

방마다 문이 열리고 최시은 소설집

해상화열전(전6권) 한방경 지음 | 김영옥 옮김

유산(전2권) 박정선 장편소설

신불산(전2권) 안재성 지음

나의 아버지 박판수(전2권) 안재성 지음

나는 장성택입니다(전2권) 정광모 소설집

우리들, 킴(전2권) 황은덕 소설집

거기서, 도란도란(전2권) 이상섭 팩션집

폭식광대 권리 소설집

생각하는 사람들(전2권) 정영선 장편소설

삼겹살(전2권) 정형남 장편소설

1980(전2권) 노재열 장편소설

물의 시간(전2권) 정영선 장편소설

나는 나(전2권) 가네코 후미코 옥중수기

토스쿠(전2권) 정광모 장편소설

가을의 유머 박정선 장편소설

붉은 등, 닫힌 문, 출구 없음(전2권) 김비 장편소설

편지 정태규 창작집

진경산수 정형남 소설집

노루똥 정형남 소설집

유마도(전2권) 강남주 장편소설

레드 아일랜드(전2권) 김유철 장편소설

화염의 탑(전2권) 후루카와 가오루 지음 | 조정민 옮김

감꽃 떨어질 때(전2권) 정형남 장편소설

칼춤(전2권) 김춘복 장편소설

목화-소설 문익점(전2권) 표성흠 장편소설

번개와 천둥(전2권) 이규정 장편소설

밤의 눈(전2권) 조갑상 장편소설

사할린(전5권) 이규정 현장취재 장편소설

테하차피의 달 조갑상 소설집

무위능력 김종목 시조집

금정산을 보냈다 최영철 시집

인문

엔딩 노트 이기숙 지음

시칠리아 풍경 아서 스탠리 리그스 지음 | 김희정 옮김

고종, 근대 지식을 읽다 윤지양 지음

골목상인 분투기 이정식 지음

다시 시월 1979 10·16부마항쟁연구소 엮음

중국 내셔널리즘 오노데라 시로 지음 | 김하림 옮김

파리의 독립운동가 서영해 정상천 지음

삼국유사, 바다를 만나다 정천구 지음

대한민국 명찰답사 33 한정갑 지음

효 사상과 불교 도웅스님 지음

지역에서 행복하게 출판하기 강수걸 외 지음

재미있는 사찰이야기 한정갑 지음

귀농, 참 좋다 장병윤 지음

당당한 안녕-죽음을 배우다 이기숙 지음

모녀5세대 이기숙 지음

한 권으로 읽는 중국문화 공봉진·이강인·조윤경 지음

차의 책 The Book of Tea
오카쿠라 텐신 지음 | 정천구 옮김

불교(佛敎)와 마음 황정원 지음

논어, 그 일상의 정치(전5권) 정천구 지음

중용, 어울림의 길(전3권) 정천구 지음

맹자, 시대를 찌르다(전5권) 정천구 지음

한비자, 난세의 통치학(전5권) 정천구 지음

대학, 정치를 배우다(전4권) 정천구 지음